KB267996

노무현이 천국에서 보내는 메시지

# 내 친구 박정희에게

# 내 친구 박정희에게

**초판 1쇄 인쇄**   2012년 11월 21일
**초판 1쇄 발행**   2012년 11월 28일

**지은이**     김 행 규
**펴낸이**     손 형 국
**펴낸곳**     (주)북랩
**출판등록**   2004. 12. 1(제2012-000051호)
**주소**       153-786 서울시 금천구 가산디지털 1로 168,
             우림라이온스밸리 B동 B113, 114호
**홈페이지**   www.book.co.kr
**전화번호**   (02)2026-5777
**팩스**       (02)2026-5747

ISBN 978-89-98268-42-8  03810

노무현이 천국에서 보내는 메시지

# 내 친구 박정희에게

김행규 지음

## 책을 펼치는 순간
## 국가와 당신의 미래가 보인다

박정희와 노무현의 팽팽하고 균형 잡힌 날카로운 비평,

노무현과 박정희가 천국에서 친구가 됐다.

경청傾聽과 관조觀照.

절대 끊을 수 없는 악연의 고리도 녹여 버리는 소통의 마술.

살아서는 할 수 없었던 이들의 따뜻하고 진솔한 이야기의 장소 '易(변화)카페'.

영원히 옳은 것도 그른 것도 없다. 변화와 균형만 있을 뿐.

삶도 죽음도 독재도 민주주의도 사회주의도 결국 하나인 것을……

**동양의 易사상**으로 풀어가는 독재와 민주, 사회주의 그리고 지도자 권력과 남한과 북한의 미래.

book Lab

# 목 차

# 프롤로그

易(변화) 카페

노무현은 부엉이바위 위에 서 있다. 이제 바위에서 뛰어내려 스스로 이 세상과 이별하려 한다. 지금까지 살아온 일들이 주마등처럼 스쳐 갔다. 스쳐 가는 영상 중에 아쉬움과 분노가 다시 솟구치는 부분이다.

검찰과 재벌개혁이다.

왜 국민이 사용하라고 준 권력을 방치했던가…. 아니 자신은 대통령에 당선되고 취임한 임기 초기에도 살아있는 권력이 아니었다.

대한민국의 시스템은 부패한 관료들과 재벌이 결탁한 공화국이었고 대통령은 그 아래 있었다. 부패한 관료의 최상위 계급은 검찰이었고 사실상 누구에게도 견제를 받지 않은 무소불위의 권력을 가진 가장 부패한 집단이었다.

재벌의 개혁 경제민주화는 관료가 부패하지 않으면 자연히 이룩할 수 있는 부산물이기에 두 번째 목표였다. 그래서 검찰을 개혁하고 싶어서 공직자 비리 수사처를 만들라고 지시했지만, 이해할 수 없는 일이 일어났다.


(회상)

대통령 재임 시 어느 날 법무부 장관과 법사위원장이 찾아와서 굳은 표정으로 실상을 보고한다.

먼저 법무부 장관이 노무현의 눈치를 보며


**법무부 장관** : 검찰 내부에서 조직적인 반발을 하고 있습니다.

노무현은 어이없어 한다.

국민이 부여한 권한과 인사권을 가진 대통령과 법무부 장관이 지시하는데 조직적인 반발이라니, 이해할 수 없었다.

노무현은 법사위원장을 보자, 그는 힘없는 목소리로

**법사위원장** : 어려울 것 같습니다. 한민족당 검사출신 국회의원들이 적극 방해하고 있고…. 검찰에서 우리당 법사위원들과 공비처 추진에 적극적인 의원들을 은근히 압박하고 있습니다.

(노무현은 긴 한숨을 쉬었다)

(법무부 장관은 노무현과 눈이 마주치자)

**법무부 장관** : 검사와의 대화 이후 아예 내놓고 말을 듣지 않습니다.

노무현은 검사들의 항명이 자주 있자 생중계 공개방송으로 검사들과 대화를 했는데 반응은 엇갈렸다.

한쪽은 권위주의 청산의 일부로 일선 검사들과 격의 없는 대화를 했다는 평가와 대화 과정에서 대통령에 대한 검사들의 도를 넘는 오만한 태도와 예의 없는 발언을 지적했고 결과적으로는 노무현은 얻은 것보다는 잃은 것이 더 많았다.

권위주의 청산이 아니라, 국민이 준 대통령이라는 권한을 방치한 것처럼 느끼는 사람이 더 많았다.

검찰 내부에서도 마치 자신들이 대통령과 싸워 이긴 것처럼 사기가 충천해 있었다.

**노무현** : (찻잔을 들며) 일부 검사들은 나에게도, 너도 임기만 끝나 봐라, 검찰이 얼마나 무서운 곳인가를 보여 줄게! 이런 식인가?

(두 사람이 고개를 숙이며 대답이 없다.)

검찰은 그동안 집권당 고위 공직자들과 국회의원들의 비리를 있는 대로 수집하고 있었고 일부 공직자와 의원들은 이미 증거를 확보한 상태였다. 이들을 부추기는 세력은 재벌과 보수언론 그리고 기득권층이었다. 말이 집권당이었지 노무현 정권은 이미 살아있는 권력이 아니었고 대한민국은 검찰과 재벌 이들의 나팔수 역할을 하는 보수언론의 공화국 권력이었다.

**노무현** : (차를 한 모금 마신 후 찻잔을 놓으며) 어제 검찰총장에게 청와대로 점심 초대했더니 선약이 있다며 거절하더군. 이후에 알고 봤더니 그 시간에 사성그룹 이강희 회장과 점심을 했다더군.

**법무부 장관** : (긴 한숨을 쉰 후 말을 이어서) 대통령님에게도 그러는
데 저에게는 어쩌겠습니까.

**노무현** : 대통령의 권력은 길어야 5년이면 끝나지만, 돈은 영원하
다는 건가? 재벌들은 고통분담이나 경제민주화에 관해
양보는커녕 대화 자체를 거부하고 있고, 말을 꺼낸 사람
들을 빨갱이 취급해버리니 재벌 개혁은 아예 시작 자체
도 힘들어.

**법사위원장** : 요즘 공직자들은 사성그룹 돈은 받아도 탈이 없다
고 생각한 사람이 많으며, 먼저 공직자들이 요구하
는 일도 있다고 합니다.

**노무현** : (뭔가 생각난 듯) 사성 특검은 어떻게 됐나.

**법사위원장** : (자세를 고쳐 앉으며) 기대하기 어렵습니다, 검찰에서
못한 수사를 특검이라고 하겠습니까?
특검이라 해봐야 다 검찰조직의 한 식구들인데, 오
히려 면죄부만 줄 뿐입니다.

재벌들은 검찰과 한민족당 의원 보수언론들에 돈을 주고 있었
다. 심지에 노무현이 속한 집권당에도 손을 뻗치고 있고, 일부 집

권당 공직자들도 돈을 받은 사람이 있다.

고위 공직자들은 돈을 받지 않더라도 자식과 친인척들을 사성그룹에 청탁하여 취직시키는 사람들이 있었다.

냉정하게 생각하면 정치인은 돈에 대해서 완벽하게 자유롭기가 어렵다. 정치활동뿐만 아니라 사회활동 심지어 친구나 가족관계까지도 돈이 없으면 그 관계를 유지하기가 어려운 것이 현대 자본주의 사회이다. 일부 재벌들은 검찰이나 고위공직자들에게 뇌물이 아닐지라도 명절 때나 애경사 때 떡값 명목으로 상당한 돈을 주고 후원자 역할을 하고 있다. 어쨌든 돈을 받은 이들은 어떻게든 재벌에게 자유로울 수 없고 재벌에게 우호적인 공무를 집행할 수밖에 없다. 이는 사성그룹뿐 아니라 대부분의 대기업이 이렇게 하고 있고 재벌들은 이들에게 금품이나 이권을 제공하고 이들의 코를 꿰어 조종하고 있었다. 이를 적발하고 수사하여 처벌해야 할 검찰이 재벌과 결탁하여 있으니 받아도 줘도 탈 날 일이 없고 크게 눈치 볼 일도 아니었다. 가끔 검찰에 적발되어 수사를 받고 중형을 받은 재벌이나 고위공직자는 이들 눈 밖에 난 세력들이거나 자신들과 함께 할 수 없는 반대파들이다.

이렇게 함으로써 검찰과 재벌들은 자신들 눈 밖에 난 세력을 소탕할 수도 있고 국민이 볼 때는 마치 검찰이 힘 있는 재벌이나 고위공직자들의 비리를 공정하게 수사하여 처벌하는 정의의 수호자로 비치는 이중 효과를 볼 수 있다.

이 같은 무소불위의 권력을 가진 검찰이 자신들의 비리를 수사

할 공수처를 만든다 하니, 가만있을 리가 없다.

검사들은 노골적으로 반발하고 재벌과 보수언론은 검찰을 적극 지원하고 나서자 사실상 칼자루를 쥔 검찰은 먼저 공수처 추진 국회의원들부터 압박하고 나섰다. 검찰은 이미 친노무현계나 공수처 추진 의원들의 비리를 캐고 있었고 일부 의원은 정황이나 증거도 있었다.

검찰은 이들에게 한민족당 검찰 출신의원들을 통해 비리혐의로 소환할 수 있음을 내비치며 압박하자 적극 나서던 의원들이 슬그머니 꼬리를 내리기 시작했다. 의원들은 상당수가 자신 혹은 친인척 또는 후원자들이 많은 재산가이고 사업체를 가지고 있는 경우가 많다. 이들을 검찰이 내사하기 시작하면 견디기 어렵고 속된 말로 털면 먼지 안 나는 정치인이 드물기 때문이다.

이래서 대한민국은 검찰과 재벌의 공화국이다.


(회상)

노무현 자살 이틀 전 검찰청사에서 조사를 받고 있다.

반말 조로 삼십 대 젊은 검사가 조사실 의자에 마주앉은 노무현에게

**검사** : 이름?

(노무현이 머뭇거리자 험상궂은 표정으로 소리 지른다) 이름!

(노무현이 만감이 교차하는 표정으로 검사를 보자, 능글맞게 비웃으며)

**검사** : 아직도 눈에 힘이 들어 있는 것을 보니, 조사를 받을 자세
가 안 되어 있습니다. 노무현 씨! 지금도 대통령으로 착각
한 모양인데, 지금은 노무현 대통령각하가 아닙니다.
노무현 씨! (책상을 치며) 지금은 포괄적 뇌물수수혐의로
조사를 받고 있는 피의자 노무현 씨입니다….
대한민국의 법은 만인 앞에 평등한지 잘 알지요?
(노무현은 대답이 없다)
검사는 범죄 피의자에게 전직대통령이라고 해서 특별하게
대해주지 않습니다. 피의자 노무현 씨.
(노무현의 표정에 변화가 없자 검사는 얼굴이 벌게지며)
노무현 씨 밖에 대기실 가서 기다리세요!


내뱉고 일어서서 물을 마시러 간다.
노무현은 검찰의 계획적인 모욕주기 수사라는 것을 알았다.
조사실 문을 나서 복도를 따라 걷다 대기실을 두리번거리며 찾
은 후 대기실에 혼자 앉아있었다. 언제 부를지도 모른채 다섯 시
간을 기다리자 대기실 스피커에서
"노무현 씨 조사실로 오세요!"
소리를 듣고 노무현이 조사실로 들어서자 검사는 조서를 보여주
며 사무적 말투로,

**검사** : 노무현 씨, 우리 시간을 절약합시다….

(조서의 박연차 이다호의 진술을 보여주며)

이미 태광실업 박연차 씨가 노무현 씨에게 돈을 건네줬다

고 진술했습니다.


(노무현은 조서를 보지 않은 체)


**노무현** : 그 돈은 뇌물이 아닙니다.


(검사는 버럭 화를 내며 소리를 지른다)


**검사** : 이보세요! 노무현 씨,

뇌물이고 뇌물이 아니고는 검사인 내가 판단합니다,

묻는 말에나 대답하세요.

(이다호 참고인 진술 조서를 펼쳐 보여주며 읽어준다)

이다호는 미국 코네티컷 주 폭스우드 카지노 매니저 출신

으로 동생 규호 씨와 함께 2009년 1월 경기도 과천역 주

변의 비닐하우스에서 선글라스와 마스크를 쓴 중년 남성

으로부터 13억 원이 든 돈 상자를 받았고 수입차 딜러 은

모 씨를 통해 경연희 씨에게 송금했다고 이미 진술했습니

다. 노무현 씨!

경영희씨는 노 대통령의 딸 노정연 씨가 13억 원(100만 달러)을 주고 미국 뉴저지 주 웨스트뉴욕의 허드슨 클럽 아파트 435호를 샀는데 그 집주인이다.

검사는 진술서를 읽어준 후

**검사** : 노무현 씨 혐의를 간단히 정리하면,

박연차, 강금원 씨 등으로 받은 뇌물로 비자금을 조성하고 그중 13억을 미국에 있는 노무현 씨 딸 노정연 씨에게 환치기 수법으로 송금시켜 아파트를 산 것입니다.

(그리고 증거사진을 내밀며)

이 사진은 이다호 씨가 핸드폰으로 미국으로 송금한 돈 박스를 찍은 증거사진입니다, 이래도 혐의 사실을 부인하겠습니까?

**노무현** : (단호하게) 이들을 뇌물죄 증거물로 인정할 수 없습니다. 13억 원은 뇌물이 아닙니다.

저는 대한민국 대통령을 지낸 사람이고, 그 이전에도 판사를 지냈고 이후 한때 잘나가는 기업 회계전문 변호사를 하며 정당하게 모아둔 돈도 그 이상이며, 박연차, 강금원은 오랜 친구이자 건전한 후원자로서 서로 필요할 때는 돈을 빌리고 갚아온 사이입니다.

(말을 막고 검사는 소리를 지르며 서류를 들어 책상을 친다)


검사 : 이보세요. 노무현 씨!

　　　이 정도 증거를 내밀면 파렴치한 미성년자 연쇄 강간 살

　　　해범들도 자백하고 선처를 구합니다.

　　　(다시 손바닥으로 탁자를 치며)

　　　당신의 말처럼 대한민국의 대통령을 지낸 사람이 이 같은

　　　증거를 내미는데도 오리발을 내밀다니, 참으로 한심하고

　　　당신의 도덕성이 의심되고 뻔뻔하기까지 합니다.


(노무현은 당당하게 검사를 보며)


노무현 : 저는 뇌물을 받지 않았습니다.


검사 : (비웃으며) 나는 노무현 씨 같은 사람이 파렴치범보다 더 죄

　　　질이 나쁜 사람이라고 생각해요,

　　　그리고 백조가 생각나요.

　　　(백조가 물 위에서 헤엄치는 몸짓을 흉내 낸다) 물 위에서 우

　　　아하게 떠있는 것처럼 보이는데 속에서는 발로 이러고,

　　　(백조가 발로 떠있기 위해서 발버둥치는 모습을 손짓 몸짓으로

　　　보여준다) 겉으로는 진보와 개혁 도덕성을 내걸고 속으로

　　　는 거액의 뇌물을 받아먹고 거액의 비자금을 조성해 국외

로 빼돌리기 위해 환치기를 하고 사치품인 고가의 시계를
뇌물로 받고,


(분노한 표정으로 노무현은 검사를 보며)


**노무현** : 검사님, 더는 대답을 하지 않겠습니다. 더는 답변할 가치
      가 없네요.


**검사** : (정색하며) 묵비권을 행사하시겠습니까?
      (노무현이 입을 다물자 검사는 노무현을 빤히 쳐다보며)
      묵비권을 행사한다는 것은 모든 혐의를 인정한다는 뜻으
      로 해석하겠습니다.
      (노무현은 눈을 감고 입술을 깨문다, 검사는 비아냥거리며)
      계속 수사에 비협조적이면 노무현 씨 앞날은 두 가지만 남았
      어요. 첫째 계속된 수사로 몸과 마음이 지쳐 못 견디다 결국
      자살을 선택하거나 중형을 받고 감옥에 가는 것이지요.
      (노무현을 보고 웃더니)
      양심이 있다면 이쯤 되면 솔직히 자백하고, 선처해 달라
      고 반성문을 쓰고 적은 형량을 부탁해야 하는 것 아닌가
      요…. 그래야 당신이 아끼는 태광실업 박연차, 창신섬유
      강금원 씨 그리고 딸 노정연 씨, 당신의 부인 그리고 당신
      의 수많은 측근을 구할 수가 있지요, 이 사람들까지 함께

죽이시겠습니까?

노무현은 갑자기 솟구치는 분노로 눈을 뜨고 몸을 부르르 떨며
식은땀을 흐른다.


(회상)

노무현은 집에 돌아와 컴퓨터에 유서를 쓴다.


너무 많은 사람에게 신세를 졌다

나로 말미암아 여러 사람이 받은 고통이 너무 크다

앞으로 받을 고통도 헤아릴 수 없다.

책을 읽을 수도 글을 쓸 수도 없다

너무 슬퍼하지 마라.

삶과 죽음은 모두 자연의 한 조각 아니겠는가?

미안해하지 마라.

누구도 원망하지 마라

운명이다

화장해라

그리고 집 가까운데 아주 작은 비석 하나만 남겨라

오래된 생각이다


다시 부엉이바위 위에 서 있다. 노무현은 바위 아래 낭떠러지 바

닥을 바라보다 혼잣말로 중얼거린다.

**노무현** : 인생 참 허무하구나! (새벽 밤하늘의 별을 보며) 다음 세상
에서는 별이 되고 싶구나!

부엉이바위 근처 들판에 새벽 일찍 일을 나간 동네 농부는 "쿵!"
소리를 듣고 부엉이바위 쪽을 바라본다.

노무현은 눈을 떴다.
하늘은 뿌연 연두색 빛깔이더니 짙은 회색으로 변했다가 감청색
이 되었다. 하늘에 붕 떠있는 기분이 들었다 다시 주위 하늘이 변
했다. 오렌지색으로 변하더니 노란빛이 되었다.
아무런 고통도 없이 마치 솜사탕이 되어 무지개빛깔 속으로 이
리저리 둥둥 떠다닌 것 같았다.

**노무현** : 어딜까…? 어디지…?

자신이 분명 죽었는데 죽었다는 생각이 안 들었다.
이야기 소리가 들렸다.
어디서 많이 들어본 목소리다.
김대중 전 대통령 목소리 같았다….
박정희 전 대통령 목소리 같기도 했다….

그런데 모습은 보이지 않는다.

우주에 관한 이야기 같기도 하고 때로는 처음 들어본 언어를 사용하기도 해서 무슨 이야기를 하는데 알아들을 수가 없다.

노무현은 지금까지 들은 사후 세계의 이야기를 보면 영혼이 작별의 순간에 공중에 떠서 자신의 시신을 보고 슬퍼하는 사람들을 본다고 했다.

그리고 교통사고 현장에서 구급차 위에 떠있거나 병실 천장에 박쥐처럼 매달려 있다고 들었다. 또는 푸르고 깨끗한 강물을 건넜더니 갑자기 먼저 죽은 부모나 친척 또는 아는 사람이 나타나서 다시 건너왔던 강으로 되돌려 보내는 것이다. 이런 경우 대부분 다시 태어나서 두 번 사는 사람들이다.

노무현은 자신의 시신은 안 보이는데 박정희와 김대중의 목소리만 들리는 것이다. 어떻게 보면 자신의 시신도 안 보이고 아는 사람도 안 보이니, 다시 태어날 일은 없다는 생각이 들면서도, 두 사람의 목소리 때문에 어떻게 될 줄 모른다는 생각도 했다.

자신이 좋아하는 김대중의 목소리가 들리는 것을 보면 천국일까? 천국은 아니더라도 최소한 지옥은 아닌 것 같고, 자신이 제일 싫어하는 박정희 목소리가 들리는 것을 보면 지옥인 것도 같고….

**노무현** : 여기가 어디일까…?

자신이 분명 부엉이바위 위에서 뛰어내린 것까지는 기억을 하는

데 그다음은 기억이 나지 않는다. 노무현의 발아래는 무언가 색이 변하고 있었다…. 뭔가 휘휘 돌고 있었다….

그림으로만 봤던 우리 은하와 안드로메다은하가 타원형으로 돌고 있었고 그 위를 둥둥 떠가고 있었다.

노무현이 살았던 지구가 속해있는 우리 은하와 제일 닮고 가깝다는 안드로메다은하가 함께 어우러져 돌고 있는 모습은 신비롭고 아름다웠다. 노무현은 수십억 개의 별들로 이루어진 우리 은하를 보면서 자신이 살았던 지구를 찾고 있었다.

그런데 그 순간 자신의 시야가 갑자기 커지기 시작했다.

자신이 봤던 천체 망원경을 봤던 것보다 비교가 안 되게 크고 선명하게 우리 은하가 한눈에 들어오더니 태양계가 보이고 그 주위를 돌고 있는 눈곱만 한 지구가 보였다. 그 순간 노무현은 떨어지기 시작했다. 우리 은하를 지나 알 수 없는 곳을 향해 상상할 수 없을 만큼 빠르게 떨어졌지만, 얼굴에 바람이 스치는 기운조차 느낄 수 없었고 무서움도 없었다.

그는 우리 은하로 다시 떨어질 줄 알았지만 지나쳤고, 이전위치와 반대로 계속 가는 것이었다. 전에 봤던 우리 은하와 안드로메다은하의 반대쪽에서 두 은하를 볼 수 있었고, 두 은하와 계속 멀어지자 두 은하는 다른 수억 개의 은하들과 어우러져 작은 별처럼 보였다. 얼마 후 그는 황금빛과 코발트블루 같은 푸른빛을 띤 별을 보았고 그곳 어딘가에 떨어졌다.

그리고 눈을 떴는데 그의 앞에는 김대중과 박정희가 앞에 앉아

있었다. 두 사람의 모습은 순간순간 변했다.

청년의 모습과 대통령에 취임할 때 모습 노인의 모습 어릴 때의 모습으로 변해갔다. 신비롭고 경이로움에 넋이 나가 있는 그에게 김대중이 다정하게 말을 건넨다.

**김대중** : 여기는 '역 카페'라네.

(노무현은 역 카페라는 말이 무슨 뜻인지 이해하지 못하고 어리둥절해 있자) 역이라는 뜻은 시작도 없고 끝도 없이 계속 변한다는 뜻이지, 다시 말해 변하는 카페라는 뜻이네.

(그가 알고 있는 카페는 음식도 팔고 음료도 팔고 술도 파는 곳이다)

**노무현** : 순간순간 변하는 카페? 아니면 그냥 변하는 카페?

김대중이 웃으며 손을 들자 어느새 그의 손에는 술잔이 들려 있다. 그들 앞에는 동그란 탁자와 그 위에는 그가 좋아하는 두부 김치가 놓여 있다. 사람은 노무현까지 세 명인데 술잔은 네 개가 놓여 있었다. 그는 박정희가 술을 받으라는 눈짓을 하며 술 주전자를 내밀자 술잔을 들어 받았다. 그가 좋아하는 막걸리였다.

그러나 술좌석에 자기가 가장 싫어하는 독재자 박정희라는 생각이 들자, 그의 미소가 어떻게 보면 비웃는 것 같기도 하고, 속에 적의를 품고 있으면서도 미소로 감추며 유인하는 잔인한 살인마처럼 보이기도 했다. 노무현은 살아있을 때 듣기로는 사람이 죽으면 사람이 죽기 전 어떻게 살았느냐에 따라서 지옥 아니면 천국으로 간다고 했다. 자신이 많은 선을 행하면 천국으로 악을 행하면 지옥으로 가서 벌을 받는다고 했다. 지옥과 천국은 분명 큰 차이가 있는 것인데, 자기가 좋아하는 김대중이 있으니 지옥은 아니라고 생각했었다.

김대중은 살아있을 때 노벨평화상도 받고 용서와 화해의 정치를 한 사람이었기에 지옥은 올 리가 없다고 생각했는데, 박정희와 함께 있는 것을 보니 이제 모든 것이 혼란스럽고 모든 상황이 의심스러워졌다. 혹시 나 모르게 김대중이 하늘에서 생각하는 큰 죄를 진 것이 아닐까도 생각했다. 이승과 저승에서의 판단하는 선과 악의 기준은 다를 수가 있기 때문이다.

이승에서조차도 자신이 아무리 분명한 선이라고 생각했고, 많은 사람이 생각하는 보편적 선이라고 생각하고 행동했지만, 상당수의 사람은 그렇게 생각하지 않았고 위선자로 취급하며 자신을 손가락질하지 않았던가를 생각하니 하늘에서 선악 기준이 그것처럼 다를 수도 있다고 생각했다. 왜 싫어하는 독재자 박정희가 함께 있는 것일까? 여기는 분명 천국은 아니라는 생각이 들었다.

박정희의 미소가 마치 자신을 박정희와 같은 부류가 사는 집단으로 유인하려는 미소처럼 보였다.

살아 있을 때 듣기로는 자살을 하면 지옥에 떨어지거나 아니면 다시 바보나 불구로 태어나서 고통을 받는다고 했다. 혹시 노무현은 자신의 자살 때문에 하늘의 노여움을 사지 않았나 생각하니 불안해졌다. 항간에 떠도는 말처럼 불구나 바보가 되어서 다시 태어날 수도 있다는 말을 떠올리자 이번에는 두려움이 밀려왔다.

어쩌면은 역 카페는 죽은 사람들을 자신과 같은 부류가 사는 곳으로 유인하기 위해 누군가 차린 카페라고 생각했다.

망설이며 박정희와 눈이 마주쳤다.  이럴 때는 빨리 자리를 떠서 카페를 나가는 것이 상책이라고 생각했다. 박정희가 따라준 술잔을 받고 박정희를 안심시킨 다음, 빨리 자리를 뜨려고 노무현은 억지웃음을 지으며 친한척하며 술을 따라달라고 박정희에게 잔을 내밀었다. 박정희는 호탕하게 웃었는데, 그 모습이 지옥의 사자처럼 보였다. 박정희의 눈을 피해 빨리 잔을 비우기 위해 잔을 들어 건배를 외치며 그의 잔을 보았다.

막걸리 색이 이상하게 여러 색깔로 변해갔다.

노무현은 이럴 때일수록 정신을 바짝 차리자며 다짐하고 눈을 크게 치켜뜨고 박정희를 보니 박정희도 모습이 젊은 시절 그리고 늙은이 어린이 등으로 변해간다….

그리고 박정희의 잔을 보니 막걸리가 아니라 물로 변해 있었고 박정희는 어린이의 모습이다.

그리고 자신이 있는 곳은 낯설고 이름 모를 시골학교다.

모든 것이 변해있다.

# 木 (봄)

# 水 生 木

（수　생　목）

봄날이다.

살구꽃이 만발한 옛날 낡은 교실이 보이는 교정이다.

그는 놀라 박정희를 보니 어린 시절 구미 보통학교 우물가였다.

그리고 더 놀라운 것은 자신의 모습이 어릴 때 그의 모습이 아니라 소아마비에 걸린 절름발이였다.

노무현은 이상하여 다리를 들어보려고 해도 다리가 마음대로 움직이지가 않는다. 그리고 박정희를 불러보아도 입에서만 맴돌 뿐 말이 나오지 않는다.

벙어리이기도 했다.

노무현은 이렇게 변한 여러 이유를 생각하다, 자신의 자살 때문에 그 벌로 불구로 환생했다는 생각이 들기도 했다.

박정희는 물이 가득한 낡은 양은 도시락을 입에 대고 "꿀꺽꿀꺽" 소리를 내며 단숨에 마셔 버린 후,


**박정희** : 점심을 물로 때웠더니 배가 고프다!

(그를 보며) 너희 집에 가서 밥 좀 줄래!

(박정희가 그의 집을 자주가 본 듯 걸어가자 그도 따라 걸었다. 박정희는 무언가 빠뜨린 듯) 영철아 잠깐, 내가 교실에다 산수책을 놓고 왔네, 조금만 기다려, 가지고 올게.


라고 한 후 학교로 달려간다.

얼마 후 박정희와 같은 반 아이들로 보이는 세 명의 아이들이 그에게로 다가와 주먹을 휘두르고 발길질을 한다.

그는 저항하며 피해 보지만 말도 할 수 없고 다리가 움직이지 않으니 넘어져 뒹군다.

그는 기분이 이상했다.

분명 나는 대통령까지 지낸 사람인데 체격은 어린이고 말을 할 수 없고 다리는 불구이니 마음만으로는 어떻게 할 수가 없었다.

애들이 때린 얼굴과 가슴에 통증이 밀려오고 이상한 두려움이 다가왔다. 내가 분명 죽었는데, 왜 내가 가장 싫어하는 독재자 박정희의 어린 시절 친구로, 그것도 불구에 벙어리, 그는 악몽을 꾸는 것 같았다.

그는 미칠 것 같았다.

의식은 분명 대통령을 지낸 노무현인데, 육체는 어린이인 데다 소마마비 벙어리라니.

아직도 확신할 수는 없지만, 자신의 자살 때문에 불구로 그리고 자신이 가장 싫어하는 박정희의 친구로 환생했다고 생각했다.

이승에서 항간에 떠도는 말들을 생각해보면 자살한 사람이 불구로 바보로 태어나 사람들에게 고통받은 것은 온전하고 정상적인 몸을 하늘이 주었는데도, 그 고마움을 모르고 스스로 목숨을 끊은 죄로서 전에 정상적으로 태어난 고마움과 즐거움을 일깨워 주기 위해서라 했다.

그리고 다시는 자살을 못하게 하기 위해서 이런 방식으로 하늘이 고통을 준다는 말들이 생각났다.

생각에 잠겨있는 노무현에게 주먹이 날아온다.

한 명이 화난 얼굴로,


**애들1** : 야 이 병신새끼야!

분명히 오늘 양과자 갖다 준다고 약속했잖아, 이 새끼야!


그런데 완전히 딴사람으로 환생한 게 아니라 누군가의 몸에 그것도 어느 정도 자란 초등학교 5학년의 몸에 자신이 들어왔고, 원래의 이 몸 주인이 양과자를 가져다준다고 약속했던 것 같다.

그렇다면 원래의 이 몸 주인이 방금 죽고, 내가 그 자리에 들어온 것이 아닌가 하는 생각이 들었다.

애들은 그가 넘어지면서 땅바닥에 내팽개쳐진 등에 메는 가죽가방을 뒤지기 시작하자 노란 봉지에 싼 과자가 나왔다.

애들은 달려들어 과자를 서로 많이 가지려고 밀고 당기며 주머니에 넣고 입에 넣었다.

이상한 게 원래의 이 몸 주인이 죽었다면 그 애 친구들인 이들이 왜 죽었다는 사실을 모를까 하는 의문이 생겼다.


**박정희** : 네 이놈들!

(박정희의 목소리였다. 왜소한 체구에 비해 우렁찬 목소리였다. 애들은 나지막한 목소리로)

**애들** : 반장이다! (소리와 함께 도망친다)

박정희는 도망치는 애들을 향해 "이상철!" 부르자, 그중 제일 덩치가 큰 애가 멈춰 섰다, 그러나 다른 애들은 도망갔다.

박정희는 이상철이라는 학생의 뺨을 때렸다.

그는 이해가 가지 않았다.

이상철은 박정희보다 머리 하나만큼 키가 컸고 덩치도 컸고 나이도 많아 보였다.

박정희는 그를 올려다보며 까치발을 딛고 서서 멱살을 잡고 뺨을 때리는 데도 반항하지 못하고 맞기만 했다.

마치 어린애가 어른을 때리는 것 같았다.

박정희는 이상철이 뺏은 과자를 주머니에서 꺼내서 그에게 되돌려 주었다.

다음날 학교에 가서야 이해할 수 있었다.

그 시대에 보통학교는 장가를 간 어른도 다녔고 나이가 스무 살이 넘은 사람도 있었다.

일제하에서 그동안 학교에 다닐 형편이 못돼 배우지 못한 사람들은 어른과 아이를 가리지 않고 글을 배우기 위해 함께 다닌 것이 보통학교였다.

그리고 교장과 선생님들도 대부분 일본인이었다.

박정희는 공부를 잘했고 반장이었다.

그가 박정희가 다닌 학교 5학년 같은 반이었다.

그는 박정희의 가장 친한 친구의 몸으로 변해 있었고, 그는 그 반에서 제일 부잣집 아들이었다.

그리고 박정희는 5학년 전교에서 1등이었다.

일본인 선생님들은 나이 차가 많이 나는 학생들을 통솔하기 위해서는 반장에게 선생 다음으로 권위를 줬다.

체격이 왜소하고 영양결핍에 걸린 박정희는 선생님에게 잘했으며, 선생님은 박정희를 믿고 좋아했다.

박정희가 있을 때는 힘 세고 덩치 큰 애들이 그를 괴롭히지 못했다. 박정희는 그를 보호해줬고 그는 부잣집 아들이어서 집에 먹을 것이 많았다.

박정희는 가난 때문에 도시락을 싸오지 못할 때가 많았고 그때는 학교 우물가에서 물로 배를 채웠다. 그리고 학교가 일찍 끝나는 날이나 토요일 오후 그리고 배가 고파 참기 힘들 때는 자주 그의 집에 와서 밥과 먹을 것을 먹었다.

그의 어머니는 불구의 아들을 보호하고 공부 잘하는 박정희를 예뻐했고 집에 오는 것을 좋아했다.

그의 어머니는 아들이 벙어리이기 때문에 말이 없어서 그런지 껍질만 김영철이고 정신은 다른 사람이 들어와 있는 걸 눈치 채지 못했다.

그는 답답하여 읽을거리를 찾았지만 교과서와 신문밖에는 없었고, 신문내용도 일본식민지를 찬양하는 내용과 사건·사고를 나열한 정도였다.

그 시대에 구할 수 있는 책을 구해달라고 어머니에게 글을 써보았지만, 이상하게 필체도 어린이 김영철의 필체였고 내용도 노무현이 생각하는 대로 써지지 않았다.

평소에 원래의 김영철이 생각하는 의식 속의 엉뚱한 말이 써졌다. 답답함이 마치 가위눌리듯 답답하고 고통스러웠다.

두 개의 정신이 하나의 육체에 접속된 것이다.

분명 그가 죽어서 처음 경험한 세계는 신비로웠고 무언가 이승과 색다른 것이 있을 거라는 기대가 있었는데, 박정희를 만난 후 이렇게 꼬여버렸다.

자신이 자살한 것도 어떻게 보면 박정희의 스타일로 경제를 살려보겠다는 정치적으로 박정희의 적자 또는 박정희시대 친재벌 정책으로 물질적 혜택을 받아 형성된 재벌 기득권 세력 등 일종의 박정희 잔당들 때문이었다고 생각했다.

노무현은 당시 대한민국은 박정희는 죽었지만 적지 않은 추종세력이 박정희를 보내지 않았고 그에 대한 향수는 계속해서 그들을 지배했고, 그들은 계속해서 대한민국 보수 세력의 핵심으로 자리 잡으며 노무현의 발목을 잡았었다고 생각했다.

박정희와 그와는 악연이었고 자살에 대한 하늘의 노여움으로 그 악연은 다시 또 시작되었다고 생각했다.

그리고 그 악연은 언제 어떻게 끝날지도 몰랐다.

다행인 것은 지루하지 않게 순간순간 시간과 공간이 빠르게 변해 간다는 것이다. 어떨 때는 아침에 눈을 떠보면 시간이 몇 달씩

건너뛰어 있었고 어떨 때는 정상처럼 흘렀다.

가끔 박정희는 그의 어머니가 먹을 것을 싸주며 어머니에게 갖다 주라고 하거나 집에 가지고 가서 배고플 때 먹으라고 하면 단호하게 거절했다.

자존심이 강한 박정희는 영철(노무현) 외에는 배고프다고 말한 적이 없었고 학교에서는 다는 애들 도시락을 얻어먹지 않았다.

반에서 삼분의 일은 도시락을 싸오지 못했고, 일부 덩치가 큰 애들과 힘이 센 애들은 도시락을 못 가져와도 힘으로 뺐을 수 있었지만, 반장인 박정희 때문에 그럴 수가 없었다.

일본인 교장과 선생님들의 총애를 받은 박정희를 애들은 선생 다음으로 무서워했다. 숙제검사도 선생님은 박정희에게 맡겼으며 가끔 선생님은 수업시간에도 자리를 비우며 자습을 시켰다.

이때는 떠드는 사람은 박정희가 지적하여 앞으로 나오라고 했고, 마치 선생님처럼 얼차려를 주거나 훈계를 했다.

그의 눈에는, 영양결핍으로 인해 왜소한 체구의 바짝 마른 애가 어른만 한 덩치의 큰 아이를 혼내 주는 게 신기해 보였다.

이렇게 애들이 박정희에게 제압당하는 것은 선생님의 권한을 대신한 것도 있지만, 그의 성격과 행동 때문이기도 했다.

박정희의 별명은 '악바리 대추방망이'였다.

그는 덩치가 큰 애들과 씨름을 할 때도 힘으로는 밀렸지만 상대의 힘을 이용할 줄 알았고, 힘만 믿고 황소처럼 밀고 들어오는 애들을 잡치기나 제치기 다리걸기 등으로 넘어뜨려 제압하곤 했다.

만약 지면 박정희가 이길 때까지 계속하자고 했다.

또한 친형, 박상희에게 검도와 복싱을 배웠다며 혼자서 목검 놀이와 복싱연습에 몰두하곤 했다.

복싱연습을 할 때는 마르고 작은 체구에서 놀랍도록 빠르게 발과 손을 움직였다.

그의 독하고 강한 성격은 애들에게 두려움의 대상이었다.

애들의 최대 관심사는 먹을 것이었다. 그러나 애들은 먹을 것이 없었다.

점심시간에도 도시락을 먹을 수 없는 힘센 애들은 힘으로 덩치가 작고 약한 애들의 도시락을 뺏을 수 있었지만, 박정희의 눈치를 살피며 도시락을 가져온 애들에게 "같이 좀 먹지 않을래?"

또는 "쌀밥이 맛있게 보인다." "장조림이 이렇게 생겼구나." 하며 침을 흘리거나 먹는 것을 쳐다보면, 대부분 조금 덜어주거나 음식을 나누어 먹었다.

어느 날 그의 집에서 밥과 양과자를 배부르게 먹은 박정희는 그가 싸준 양과자를 가지고 가지 않았다.

그러나 얼마 후 다시 돌아온 박정희는 처음으로 양과자를 몇 개만 주라고 했다.

그는 봉지 속에서 한 손으로 잡힐 정도만 집어서 주머니에 넣고 대문을 나서다 돌아서서 눈물을 글썽이며 오늘이 어머니 생일이라 했다.

겨울 방학이 끝나고 오랜만에 만난 박정희를 만났고, 학교 수업이 끝난 후에 그의 집으로 함께 걸었다.

시골 길을 걸으면서 박정희는 그에게 방학 때 일을 들려주었다.

박정희는 그를 편하게 생각했다.


**박정희** : 넌 말을 못하고 듣기만 하니까 답답하지?

(그가 고개를 끄덕이자 측은하게 그를 보더니)

나는 니가 좋다.

너는 듣기만 하니까 내가 하고 싶은 말을 너에게만은 다

하고 싶어!


그러면서 방학 때 이야기를 들려주었다.

박정희 집의 주식은 꺼보리 죽에 장이나 된장에 절인 무 조각 이

었다. 주식인 보리죽이 떨어져 가자 겨울이라 말린 풀뿌리를 보리

죽에 섞어 먹었다.

그러나 봄이 오기 전에 이도 떨어질 것 같아서, 어머니는 거의

식사를 안 했고 박정희와 형들만 식사했다.

박정희는 영양실조로 더욱 말라갔고 얼굴색도 누렇게 변해가자

박정희 어머니가 하루는 박정희를 데리고 어머니 사촌 언니 집에

놀러 갔었다.

삼십 리 시골 길을 걸으며 어머니는 박정희에게 사촌 언니 이야

기를 하며 오늘은 점심때 맞춰서 가면 고기반찬을 얻어먹을 수 있

다고 했단다.

그리고 그 집에 도착해 놀면서 점심 먹기만 기다렸는데, 오후 세 시가 넘어도 점심을 먹지 않았다고 했다.

두 사람은 포기하고 집에 되돌아가는 도중 어머니가 목도리를 두고 와서 다시 찾으러 친척 집에 문을 열고 들어서는데, 그때야 고기반찬에 푸짐한 식사를 하고 있었다.

두 사람이 가기만 기다리고 있었던 것이다.

아들과 함께 삼십 리 길을 되돌아가던 두 사람은 배고픔과 비정함에 논길에 앉아 추운 눈보라 속에서 부둥켜안고 울었다고 했다.

그리고 박정희는 방학 때 교회를 열심히 다녔다고 했다.

교회에 가면 현실에서 잠시 벗어날 수 있고, 목사님의 설교나 성경 속에서 선진 서양문화를 만날 수 있어서란다.

박정희는 어떻게든 이 지긋지긋한 가난 속에서 벗어나겠다고 다짐하곤 했다.

박정희는 아버지 이야기를 했다.

몰락한 양반가문이며 한 말에 말단 과거시험에 합격했고 동학에 가담한 이야기를 했는데, 가족을 가난 속에 방치한 아버지 박영규를 미워하기도 했다.

노무현은 박정희의 이야기를 들으며 비판적인 생각과 연민이 교차했다.

박정희는 대구사범학교를 가겠다고 했다.

어느 날 당시의 가난한 환경을 벗어나는 길은 국비로 다니는 사범학교밖에 없다고 했다.

불구로 그것도 체구가 작은 어린이는 학교뿐만 아니라 동네에서도 놀림과 괴롭힘의 대상이었다.

영철은 6학년이었고 이웃집에 사는 열네 살 먹은 이강천이라는 애는 그의 또래였지만 학교에 다니지 않았다.

그는 덩치가 컸고 동네에서는 싸움을 제일 잘해서 애들은 강천이에게 맞지 않기 위해서 감이나 사과 등 먹을 것을 주거나 구슬이나 딱지 심지어 돈을 주는 애들도 있었다.

그의 아버지는 개장수였다.

그는 자기 아버지의 일을 도와주었고 함께 개를 사기 위해 마을들을 돌아다니거나 개를 그의 집 뒷마당 큰 살구나무에 매달아 장작이나 박달나무 몽둥이로 때려죽이는 일을 그의 아버지와 함께 했다.

노무현(김영철)은 등하굣길의 무자비한 폭력을 못 견디어 그에게 양과자나 돈을 가져다 바쳐야만 했다.

노무현은 몸이 멍들고 아플 때는 정신이 아무리 대통령을 지낸 어른이라 할지라도 정신을 담고 있는 몸이 힘없는 불구의 어린이고 말을 할 수 없고 자기 생각을 표현할 길이 없으니 자신을 방어할 수 없었다.

대항할 수 없는 무자비한 폭력이 두렵기도 했다.

노무현은 인간이란 존재가 얼마나 나약한가를 다시 알았다.

자신의 무능함이 지독한 절망을 느끼게 했다.

인간이 절망을 느낄 때는 불구나 자연에 맞서지 못하는 무능함이 아니라, 인간에 대항하지 못하고 자신을 지킬 수 없는 무능력이 인간 실존에 가장 절망적인 쓰라림을 안겨다 주기 때문이다.

그의 어머니가 이강천의 집에 쫓아가 항의를 해보지만 그때뿐이었다. 그 보복으로 더욱 무자비한 폭력으로 되돌아왔다.

동네에서 개장수집하면 상종할 수 없는 악종으로 소문났었다.

한번은 이강천에게 얻어맞은 동네 애 아버지가 항의하러 쫓아갔고 잘못을 모르는 강천과 그의 가족에게 흥분한 그 애 아버지는 강천이에게 주먹을 휘둘렀다.

그러나 강천이 아버지는 큰 도사견을 슬그머니 풀어주었고, 도사견은 그 애 아버지에 달려들어 물어뜯었다.

그 애 아버지는 큰 상처를 입고 혼비백산하여 도망 나왔다.

영철에게 공휴일은 밖에 안 나가니 좋았고 학교에 있을 때는 박정희가 학교에서 보호해 주니 좋았다.

그러나 평일 하교할 때가 문제였다.

학교에서 집으로 돌아오는 길에 소나무와 묘가 있는 야산이 있었다. 강천은 그곳에서 누워 있다가 애들이 하교하여 그 야산을 지날 때면 나타나 야산으로 데리고 갔다.

그는 야산 묘지 앞에서 기압을 주고 먹을 것과 학용품 그리고 부잣집 애들에게는 돈도 뺏었다.

여학생들도 예외는 아니었다.

영철보다 두 살 많은 누나가 있었다.

강천은 영철이와 함께 하교하는 그녀를 불러 야산으로 데리고 갔고 강천이는 영철이와 함께 그녀에게 엎드려 뻗쳐(푸시업 자세)를 시켰다.

누나 앞에서 굴욕을 당한 노무현(영철)은 참을 수 없었다.

누나도 말을 듣지 않고 노려보자 강철이는 폭력을 행사했다.

영철이는 강천이 휘두른 주먹에 얼굴을 맞고 피를 흘리며 나가떨어졌다.

강천은 쓰러져 있는 영철의 복부를 발로 차자 영철은 숨을 쉴 수 없었다.

누나는 영철에게 달려가 얼굴을 안으며 울었다.

강천이 그의 누나 머리를 낚아채어 밀치자 누나가 넘어졌다.

강천은 달려가 누나 위에 올라타고 누르며 치마를 들치고 가슴을 만졌다.

영철은 죽을힘을 다해 기어서 누나를 구하기 위해 강천에게 다가가 이로 그의 허벅지를 물었다.

강천은 비명을 질렀고 일어서서 미친 사람처럼 영철을 발로 밟았다.

영철의 의식이 점점 희미해져 갔다.

이때 낯익은 목소리가 들려왔다.


**박정희** : 그만두지 못해!


박정희였다.

박정희는 손에 목검을 들고 있었다.

강천은 왜소한 체구의 박정희를 보자 비웃으며 일어섰고 그가 개를 제압하거나 때려죽일 때 쓰던 박달나무 몽둥이를 집어 들며

**강천** : 좆만 한 새끼, 넌 오늘 죽었어!

소리치며 몽둥이를 치켜들고 박정희에게 달려들었다.

박정희는 강천이가 돌진해 다가왔지만 조금도 움직이지 않고 보고 있었다.

강천이는 박정희의 머리를 향해 위에서 아래로 몽둥이를 휘둘렀다.

박정희는 발을 옆으로 살짝 비틀며 목검으로 가볍게 몽둥이를 막아 쳐내며 안면이 비자 곧바로 짧게 머리를 내리쳤다.

강천은 순간 정신이 혼미해졌지만 달려오는 힘 때문에 박정희와 엇갈리며 스쳐 갔다. 박정희는 허리를 반 바퀴 돌려 큰 원을 그리며 강천의 뒤통수를 가격하자 강천은 고목처럼 푹 주저앉았다.

세 번의 목검 가격이 너무 빨라 마치 한 동작처럼 보였다.

잠시 후 정신을 차리고 눈만 껌뻑이는 강천에게 다가가 박정희는 몽둥이를 집어주며,

**박정희** : 일어나 인마! 계속 덤벼라!

강천은 무엇에게 홀린 듯 망설이다 몽둥이를 건네받고 다시 덤

벴다. 여섯 살 때부터 검도 4단이었던 박상희 형에게 체계적으로 검도를 배우고 매일 수련한 박정희와 동네의 마구잡이 싸움꾼은 기량이나 정신력에서 상대가 되지 않았다.

목검이라는 도구를 사용하니 왜소하고 작은 체구가 절대적 약점이 되지 못했다.

박정희는 연습하듯 가볍게 목검을 휘둘러 그의 몸 구석구석을 연습용 백을 때리듯 연속해서 때리다 잠시 멈추며 이강천에게

**박정희** : 무릎을 꿇고 잘못을 사과해라!

그러나 주저앉자 무방비 상태가 됐지만 강천은 무릎을 꿇지 않았다.

박정희는 다시 계속해서 두들겼다.

얼굴은 때리지 않고 몸통과 등짝을 계속 때리자 결국 목구멍에서 피가 넘어와 입으로 흐르기 시작하자 그만두었다.

영철은 죽지 않을까 걱정했지만

**박정희** : 저런 놈은 죽어도 싸!

하며 피를 토하며 숨을 헐떡이는 강천의 얼굴에 침을 뱉고 돌아섰다.

다음날 영철은 강천이 죽지 않았나 걱정되어 밖으로 나와서 강천이 집을 기웃거렸지만 개 짖는 소리만 들릴 뿐 알 수 없었다.

한 달이 지났지만, 그의 소식을 들을 수가 없었다.

영철은 그의 소식이 궁금하여 까치발로 담 너머 강천의 집을 기웃거리고 있는데, 어머니가 외출에서 돌아와 누나에게

**영철 어머니** : 내일 강천이 집이 울산으로 이사 간단다, 어이구 시
　　　　　　　원하구나!

수년간 계속된 강천의 애들을 상대로 자행한 무자비한 폭력과 갈취 괴롭힘 성폭력은 이렇게 끝났다.

박정희는 그의 얼굴에 계속 멍이 들어 그의 집에 가니 영철 어머니가 강천이의 하굣길에서의 폭력과 갈취에 대해서 말했었다.

그는 어머니 앞에서 코를 씩씩 불며 몹시 분개했었단다.

그리고 그는 그날 목검을 들고 하교 후 내 뒤를 몰래 따라왔었다고 했다. 그는 6학년 여름 방학이 되자 영철에게 자신을 방어하는 법을 가르쳐 주기 시작하며,

**박정희** : 이제 6개월 후면 졸업하고 우리는 따로 갈 길을 가야
　　　　해. 니 몸은 내가 지켜 줄 수 없어. 니가 지켜야 해!

그는 어느 날 영철에게 맞는 방어 법을 개발해서 익혀야 한다고 하며 가져온 종이를 펼쳐 보여 주었다.

그는 영철이가 한쪽 다리가 불구인 대신 손힘과 나머지 한쪽 다

리는 다른 사람보다 오히려 힘이 더 강하니 이를 잘 활용하여 영철이만의 방어 법을 익혀야 한다고 하며 자신이 그려온 그림을 보여주며 시범을 보였다.

박정희가 제안한 방어 법은 다리를 이용한 기동력은 불가능하니 상대가 공격할 때까지 기다렸다, 사정권에 들어오면 상대에게 파고 들어 어깨와 손힘을 이용하여 상대를 잡아서 급소를 치든지, 아니면 목 주변을 양손 또는 팔의 완력으로 감아 졸라서 제압해야 한다 했다. 그리고 상대와 함께 뒹굴며 삼각대의 원리를 이용하여 상대의 목이나 팔·다리를 꺾어야 한다는 것이다.

박정희의 제안대로 그와 함께 3개월 정도 연습해보았다.

박정희는 실전에서는 정신력이 90%를 차지한다며 주먹이 얼굴로 날아와도 눈을 뜨고 맞는 법을 가르쳐 주었다.


**박정희** : 상대의 주먹이 아무리 빨라도 니가 눈을 감지 않고 끝까지 보면 피할 수 있어.

상대가 항복할 때까지 상대의 눈을 보고 있어야 한다.

자! 나를 노려보고 공격을 해 봐!


실제로 영철이가 주먹으로 박정희의 안면을 공격했지만, 박정희는 눈을 감지 않고 고개만 슬쩍슬쩍 흔들며 모두 피한다.

옆에 있는 덩치가 크고 달리기도 잘하는 친구가 똑같이 주먹을 박정희에게 날려 보지만 미동도 없이 끝까지 주먹이 날아오는 것을 모두 쉽게 피해버린다. 이번에는 박정희가 영철의 안면 공격 준비를 하자 두려웠지만, 영철은 눈을 억지로 부릅뜨고 노려본다.

> **박정희** : 눈은 마음의 창이야!
> 마음은 두려움에 떨고 있는데 억지로 강하게 보이고 싶어 눈을 부릅뜨고 있는 게 다 쓰여 있거든, 그러면 오히려 역효과가 나지.
> 상대를 이기려면 먼저 정신력에서 이겨야 해.
> 죽어도 좋다라는 정신력 말이야!
> 이런 정신력이 네 눈에 비치면 편안하게 웃고 있어도 상대는 기가 죽는단다.

영철은 다리 한쪽을 못 쓰는 불구라고 해서 전혀 자신의 몸을 방어할 수 없는 것이 아니었다는 것을 알았다.

강한 정신력이 우선이고 오히려 한쪽 다리를 못 쓰는 대신에 팔힘이 다른 사람보다 훨씬 강하다는 것을 알았다.

그는 다른 덩치 큰 애들과 붙어도 일단 자신감 있는 눈빛으로 상대를 제압하는 법을 알았고, 상대를 잡아 함께 넘어져 뒹굴면 영철이 유리했다. 수련이 계속될수록 나름대로 그의 몸에 맞는 방어 법을 개발해갔다.

영철이 엄마는 어느 날부터 영철이가 다른 일에도 적극적이 되고 자주 웃는 쾌활한 성격으로 조금씩 변하는 것을 알고 신기해하고 기뻐한다. 영철은 지금까지 학교와 집만 왔다 갔다 하며 집에만 틀어박혀 있었지만, 언젠가부터 혼자서 자신 있게 가끔 동네 산책도 하고 외출을 하기 시작했다.

어느 날 그는 박정희와 함께 운동하고 있다.

그는 박정희의 공격을 제법 피하며 다시 공격 자세를 취하자, 박정희는 멈추며 영철을 물끄러미 바라보다,

**박정희** : 이제 내가 너를 도울 수 있는 것은 여기까지야!

이제 너 혼자서 너만의 방법을 만들어야 해!


박정희는 대구사범학교에 합격했다.

전교에서 성적순으로 상위권 열다섯 명 시험을 봤는데 박정희 혼자서 합격을 했다. 그는 구미 보통학교 졸업생 최초로 명문 대구 사범학교에 진학했다.

구미보통학교 졸업식 날 박정희는 아쉬웠는지 그의 손을 붙잡고 한참을 놓지 못하며 눈시울을 붉혔다.

머리를 숙이고 이리저리 흔들더니 눈물을 보이기 싫어서인지 고개를 돌리고 돌아서서 뛰어갔다.

이후 시간은 더 빨리 건너뛰며 변했다.

잠을 자고 일어나니 박정희는 대구 사범학교를 다녔고 5학년 여름방학 때 박정희가 그를 집으로 찾아왔다.

박정희는 학교에서 지급하는 생활비로 영양보충을 하고 잘 먹었

는지 키는 1m 60cm 정도 컸고 살도 어느 정도 붙어 학교 신체검사에서 갑 판정을 받았다고 했고 자신은 군인이 되겠다고 했다.

어느 날 길거리에서 군인하고 순사하고 싸우는 걸 봤는데 군인에게 순사가 꼼짝 못하더라는 것이다.

권력은 총구에서 나오는데 앞으로 권력은 군인이 잡을 것 같다고 했다. 자신은 이순신 같은 훌륭한 군인이 되고 싶다고 했다.

국가는 인격과 힘이 있는 사람이 오랫동안 통치를 해야 한다고 했다.

얼마 후 대구 사범학교 졸업 후 문경 초등학교 선생님을 하는 박정희를 보았다. 박정희는 일본 교장에게 신임을 얻기 위해 노력하는 모습이 보인다. 반면에 학생들을 순번대로 복도에서 망을 보게 하고 한국어와 한국역사 이순신에 대해 가르치는 이중적인 모습을 보였다.

火 (여름)

# 木 生 火

(목  생  화)

여름이었다.

신록의 푸름은 절정을 향해가고 있었다.

박정희와 영철은 무더운 여름날 함께 대폿집에서 시원한 막걸리를 마시다 결심한 듯 선생을 때려치우고 군인이 되겠다고 했다.

학교 일본인 교장과 싸웠는데 교장을 때렸다고 했고 교장을 때렸으니 선생질을 더는 할 수 없게 됐다고 하며, 그는 갑자기 품에서 종이를 꺼내 펼쳤는데 혈서였다.

한문으로 '진충보국 멸사봉공(盡忠報國滅私奉公)'이라 적혀 있었다. 이 혈서를 대구 사범시절 자신을 아껴주었던 교련교관 아리카와가 만주에 있는데 만주 군관학교에 입학하고 싶다는 서신과 함께 그에게 보내겠다고 했다.

아리카와는 박정희의 혈서를 보고 감동하여 만주신문에 냈고 결국 박정희는 만주군관학교 시험을 볼 수 있는 자격을 얻게 됐다.

그리고 그는 한국인이 입학하기 힘든 만주 군관학교에 합격했다. 가족들은 박정희의 만주행과 군인의 길을 말렸고 특히 민족주의 성향이 강한 형 박상희가 적극 말렸다.

그러나 그가 군인이 되어 무조건 장군이 되겠다는 그의 결심을 꺾지 못했다. 박정희는 1940년 4월 만주제국 육군 군관학교 제2기생으로 입교했다.


노무현(영철) 모습도 청년 영철의 모습으로 변해 있었다.

영철이 초급장교가 된 박정희를 만주에서 만났을 때 박정희는 영철에게 자신은 일본군의 신임을 얻기 위해 독립군을 잡는 데 공을 세워야 한다고 했고, 또한 독립군 비밀단체에 가입해 나라를 되찾는 데 힘이 되어야 한다고 했다.

영철은 이런 이중적인 태도를 이해할 수 없었다.

그동안 벙어리로 변하여 말을 못 한 게 답답했지만, 요즘은 참을 만했고 어떨 때는 말을 못하고 듣기만 한 게 좋은 점도 있었다.

주위 사람들과 박정희는 자기들 말에 호기심 가득한 눈을 번쩍이며 그의 눈망울을 따라다니며 관심 있게 들어주기만 한 영철에게 자기 가족에게 하지 못하는 속에 있는 말을 다했다.

영철은 말을 못하는 대신 말을 듣는 데 집중되었다.

이렇게 듣는데 이골이나 이제는 경청, 관조가 편하고 자연스러워졌다. 경청과 관조가 편해지자 상대를 빨리 이해할 수 있었다.

그러나 박정희의 이런 이중적 태도가 이해할 수 없었다.

가끔 이런 이중적인 태도 때문에 그는 어쩌면 박정희는 친일파 또는 이중적인 기회주의자로도 보였다.

그리고 하늘이 자살의 죗값으로 자신을 여기에 보낸 것은 박정희가 독재와 악행으로 사람들을 괴롭혔으니 자신을 과거로 되돌려 보내 과거의 잘못을 바로잡고 미래의 독재자를 개조시키라고 보냈다고 생각했다. 그러다 안 되면 최악은 죽어서 미래의 독재자가 탄생하지 않도록 인연의 끈을 끊으라고 보냈는지도 모른다고 생각했다. 노무현은 어린 시절을 함께하며 박정희에게 어느 순간 연민을 느꼈고 연민이 점점 어느 정도의 우정으로 변함을 느꼈었다.

그런데 이런 이중적인 박정희의 태도는 이해할 수 없었고 왜 그렇게 이중적이냐고 물어보고 싶어 입이 근질거렸고 처음 벙어리로 변했을 때와 같은 답답함이 밀려왔다.

만약 다시 말을 할 수 있게 된다면 이런 이중적인 면을 물어보고 싶었다. 무엇이 진실이고 무엇이 거짓이냐고.

그러나 말을 언제 할지, 자기 생각을 언제 글로 표현할 수 있을지 몰랐다.

처음과 마찬가지로 지금도 자신의 생각을 글로 표현하고 싶어도 엉뚱한 내용이 쓰였다.

원래 김영철의 생각이 쓰인 것이다.

노무현은 가끔 박정희를 죽여서 미래 독재자의 탄생을 막을 수 있지 않을까도 생각했다.

그러나 돌이켜보면 정말 자신이 과거로 이렇게 왔기 때문에 자신이 경험한 대한민국이 실제로 되었는지, 그때 오지 않고 이렇게 늦게 와서 대한민국이 그 상황으로 전개됐는지 정확한 판단이 서지 않았다. 어떤 때는 자신이 박정희와의 생기지 말아야 할 우정 때문에 자살의 죗값으로 박정희의 잘못을 막으라는 하늘의 뜻을 저버리고 박정희의 잘못을 못 막아서 그런 대한민국이 되지 않았을까도 생각했다. 박정희는 일본의 패망이 머지않았다고 했다.

영철은 김일성이 항일 단체를 결성하여 활동하다 일본군 토벌대에 쫓겨 소련으로 도망쳤다는 소식을 들었다.

이야기는 모두 연결되어 있고 홀로 가는 이야기는 없다.

잠시 옆으로 흘러간다.

相 剋 (상극)

木 剋 土 剋 水 剋 火 剋 金<br>(목 극 토 극 수 극 화 극 금)

김일성이 죽었다.

여기는 노란색별이다.

노란색 별 화산이 폭발하여 영원히 불타는 불구덩이 앞에서 흰 옷을 입은 하늘의 성자가 밧줄로 꽁꽁 묶인 체 고개를 숙이고 있는 김일성과 나란히 서 있고 그 옆에는 키 크고 깡마른 한국남자가 서 있다.

(회상, 10일 전)

10일 전 이곳에서 김일성은 밧줄로 꽁꽁 묶인채 고개를 숙이고서 있다. 6·25 때 자신 때문에 죽었던 수많은 군중에게 둘러싸여 있었다. 한국군인과 유엔군에 참전했던 여러 나라 군인들이 당시 군복을 입고 있고 또 민간인들이 보인다.

이들의 표정은 분노로 가득 차 있었고 손에는 몽둥이와 농기구 6·25전쟁 때 사용한 구식 총들을 들고 있었다.

이들은 김일성에게 어떻게 잔인한 벌을 내릴까 며칠간 논쟁을 벌였다. 그들은 김일성을 영원히 꺼지지 않은 불구덩이에 집어넣어 영원히 고통받게 하기로 했다.

그러나 더 잔인한 형벌을 알아봐 달라고 요청한 가장 큰 피해를 본 사람의 요청으로 집행을 못 하고 있었다.

이들은 가장 피해를 많이 본 마른 남자는 6·25때 충청도 경찰이었는데 부모와 8형제였던 가족이 모두 지역 공산당과 공비들에게 죽고 형과 누나의 가족들 처가 식구들까지 거의 전멸당했다.

깡마른 남자도 이들 지역공산당에게 잡혀 고문을 당한 후 한쪽 눈과 오른쪽 손을 잃었으나 구사일생으로 처형 전에 탈출하여 목숨만 부지했다.

군중은 이 남자를 피해자 대표로 뽑았다.


다시 불구덩이 앞이다.

이 남자는 흰색 옷을 입은 이별의 성자에게 가장 잔인한 형벌을 알려 달라고 김일성을 데리고 찾아간 것이다 .

이 성자는 피해자 대표에게 아무리 잔인한 형벌을 내려도 그의 분노가 남아있다면 그도 역시 김일성과 똑같은 형벌을 받은 거나 마찬가지라며 김일성을 처벌하기 전에 먼저 그를 기다리는 사람들을 만나보라고 했다. 그는 자기를 기다리는 사람이 궁금하여 일단 만나보고 김일성을 죽이기로 했다.

첫 번째로 피해자 대표를 기다린 사람이 박정희 형 박상희였다.

이승에서 그가 경찰이었을 때다.

대구 폭동사건이 일어나자 대구로 파견 나가 죽였던 좌익 박정희 형 박상희였다. 그리고 그 옆에 두 번째로 기다리는 사람이 있다. 그런데 이 사람은 아무리 생각해도 누군지 생각나지 않은 처음 본 사람이다.

피해자 대표는 그 사람의 말을 듣고 난 후에야 깜짝 놀란다.


(회상)

6·25 때 인민군에게 밀려 뿔뿔이 흩어진 경찰은 한때 민간인 복장을 하고 숨어 지내거나 산으로 도망가서 몸을 숨겨야 했다.

그가 민간인 복장으로 짐을 챙겨 봇짐을 지고 인민군과 지역 좌익들에게 쫓기어 산을 타고 도망쳤다.

그는 충청도와 전라도 경계의 어느 민가에 들어갔고 배가 고파 그 집주인에게 밥을 달라고 했다.  이 집 젊은 부인은 5살짜리 아들 한 명과 두 명의 딸이 있었다. 그녀는 자기의 남편도 경찰이라며 반갑게 맞이하며 정성껏 밥을 차려 주었다.

그가 배불리 먹고 며칠간을 인민군에게 쫓기며 잠을 못 자고 굶주렸기에 배불리 먹고 따뜻한 방에 있으니 자기도 모르게 깜박 잠이 들었다.

얼마 후 부엌에서 남자들 소리가 나서 이상하여 창문 틈으로 내다보니 인민군 두 명과 부인이 부엌에서 속삭이고 있었다.

그는 그 젊은 부인에게 속았다는 생각이 들었고 자기를 안심시킨 후 자기를 죽이려 인민군을 데리고 왔다고 판단했다.

그는 봇짐에 숨겨놓은 총과 수류탄을 꺼내고 수류탄을 까서 부엌문을 열어 던지고 재빨리 빠져나왔다.

'쾅!' 소리와 함께 초가집은 불길에 휩싸이고 인민군 두 명과 부인은 수류탄이 터질 때 죽었다.

그리고 애들 세 명은 안방에 있다가 불길에 휩싸여 모두 죽었다.

그런데 지금 자신을 기다리고 있는 남자가 그때 그 인민군 복장을 한 남자 둘 중 한 명이었고 그 부인 남편이라는 것이다.

그는 전라북도 경찰이었는데 인민군에 쫓겨 산에 숨어 있었다.

그는 겨울이 닥치자 밤에 인민군들의 눈을 피해 추위를 견디기 위해 겨울옷을 가지려 동료 경찰과 함께 인민군 복장으로 위장하고 집에 왔었다. 자기들과 같은 경찰이 몸을 숨기기 위해 찾아와 밥을 먹고 자고 있다고 하자 깨우지 않고 부인과 부엌에서 이야기하고 있다가 변을 당한 것이다.

김일성의 피해자 대표인 마른 남자는 자기가 죽인 그 동료경찰 앞에 무릎을 끊고 오열을 하며 눈물을 흘리고 있다.

한쪽에서는 또 한 명의 9살짜리 남자애가 피해자 대표에게 죽은 박정희 형 박상희를 기다리고 있다.


박상희가 20대 초반 때 대구 팔공산에 등반을 갔다.

그는 사람이 잘 다니지 않은 바위와 자갈이 많은 등산로로 들어서서 가파른 산을 오른다.

그는 사람 머리만 한 돌을 밟자 돌이 굴러 산 계곡으로 계속 굴러가고 박상희는 다시 계속 산을 올랐다.

돌은 이후 계곡 산 아래쪽으로 한 참을 굴러가서 산 아래쪽 계곡에서 물놀이하고 있는 9살 어린이의 머리 위로 떨어져 어린이는 즉사했지만, 박상희는 까맣게 모르고 있었다.

그런데 그 어린이가 죽어서 자기를 기다리고 있어서 여기서 만났다. 이들이 자기를 죽인 사람을 기다리고 있었던 것은 복수를 하기 위해서가 아니었다.


그리고 9살 어린이는 얼마 후 7명의 미군 병사들을 만났다.

이들도 이 어린이를 기다리고 있었다.

그 9살 어린이는 죽기 1년 전에 친구들과 도로가 공터에서 집토끼를 가지고 놀다가 갑자기 토끼가 어린이 품에서 빠져나가 도로로 도망쳤다. 어린이는 토끼를 쫓아가고 도로로 뛰어들었다,

이때 12명의 미군을 뒤에 태운 군용 미군 트럭이 오고 있었다.

트럭을 몰고 가던 미군 병사는 아이를 피하려고 핸들을 꺾었다.

모래와 자갈이 많은 비포장도로 위에서 트럭은 균형을 잃고 미끄러져 15m 도로 아래로 굴러 떨어졌으며 7명이 죽고 나머지는 중상을 입었다.

어린이는 토끼 잡는데 만 정신이 팔려 사고가 자기 때문에 난 줄도 모르고 있었다.

그들이 기다린 이유는 삶과 죽음의 인과 관계를 알기 위해서다.

자기를 죽인 사람들이 왜 그랬을까?

그리고 자기 자신도 모르게 자기가 죽인 것은 자기 잘못일까?

아니면 그 사람 때문일까? 아니면 다른 이유 때문일까를 알고 싶어서였다. 원인을 알고 마음의 짐을 내려놓기 위해서였다.

그들도 자기도 모르게 무고한 사람 또는 아무 상관없는 사람을 자신도 모르게 여러 사람을 다치게 하거나 죽게 했다는 것을 알았기 때문이다. 어린이 때문에 죽은 미군들도 마찬가지로 얼마 후 자신들을 기다리는 사람들을 만났다. 그들은 한국전쟁 당시 죽어 미군들을 기다리는 민간인이다. 이들은 민간인들이 자신들의 오인 사살로 죽었는지도 모르고 있었다. 이들은 모두 자신도 모르게 사람을 죽이거나 다치게 했다.

또 이들도 그다음도 계속 위와 같이 반복된다.

이처럼 사람은 자신도 모르게 누군가를 죽이고 살리기도 한다.

성자는 김일성 때문에 죽었다는 수많은 군중도 모두 기다리는 사람들이 있어 만나게 해줬더니 모두 놀랐다.

어떤 이들은 "나도 모르게 이런 일이!" 하며 주위의 만류에도 자신이 화산의 불구덩이로 뛰어들려고 한 사람, 그리고 미친 사람처럼 넋을 잃고 하염없이 허공만 바라보고 있거나, 죄책감에 머리를 나무나 벽에 부딪치거나 자기 몸에 자해를 한 사람, 몇 달 동안 흐느끼며 울기만 하는 등 죄책감과 속죄하고 싶은 마음은 여러 형태로 나타났다.

그들 중 한 명이 큰소리고 성자에게 말한다.

**군중1** : 죗값을 제가 먼저 받겠습니다.

**성자** : (손을 저으며) 아닙니다,
　　　여러분은 죗값을 받기 위해 여기 온 것이 아닙니다,
　　　여러분은 한 가지 배우기 위해 여기 왔지요.

　　　(수군거리는 군중 속에서 한 사람이 큰소리로)

**군중2** : 뭘 배운다는 거지요?

**성자** : 우연이란 없다는 것을 배우기 위해서예요.

**군중2** : 말도 안 돼요. 우리가 사람을 죽인 건 우연이라고요.

**성자** : (손을 저으며) 우리 행동은 모두 연결되어 있습니다.
　　　시냇물과 강물을 떼어 놓을 수 없듯이 다른 사람의 인생
　　　에서 한 사람의 인생을 떼어놓을 수 없다는 것을 배우게
　　　됩니다.

**군중3** : 나는 사람인 줄 모르고 산돼지인 줄 알고 총을 쏘았다고요.

**군중4** : 나는 당신이 교통사고로 죽을 때 군대에 입대하지 않았

고요. 대학교 때 친구들과 학교 뒷산 언덕 위에 올라 술을
마시다 내 잘못으로 술병을 아래쪽으로 내려다보이는 도
로 쪽으로 던졌는데 왜 당신이 운전하다 죽었단 말이오.


**군중5** : 저도 마찬가지예요.
전쟁터도 아니고 어릴 적 공중목욕탕에서 목욕하다 비
누를 저의 실수로 우연히 바닥에 떨어뜨렸는데, 그것도
내가 목욕탕을 나간 1시간 후에 왜 당신이 비누를 밟고
미끄러져 머리를 바닥에 부딪쳐 죽었단 말이오.
내 잘못에 내가 죽어야지 왜 다른 사람이 죽는단 말이오.
합리적이지도 공평하지도 않아요.


**군중6** : 나는 분명 휘발유 통인 줄 알고 휘발유를 채웠을 뿐인데,
왜 당신은 물통으로 잘못 알고 담배꽁초를 던져서 당신
과 건물에 있던 수백 명이 불에 타 죽었단 말이오.
내 잘못이면 내가 죽어야지 왜 다른 사람이 나도 모르게
죽는단 말이오. 뭔가 잘못됐고, 정의롭지 않다고요.


(끝없이 이어지는 군중의 변명에 성자가 그만 하라는 손짓을 하자 조
용해진다)


**성자** : 삶과 죽음은 비우고 채우는 반복만 있을 뿐, 정의는 없지요.

삶과 죽음이 정의롭다면 왜 악한 사람이 늦게 죽고 부자로 사는 일이 벌어지고, 삶과 죽음이 알 수 없는 모순으로 가득 차 있겠어요. 사람은 자신도 모르게 누군가를 죽이고 누군가를 살리기도 합니다. 매일 그런 일이 벌어지지요. 들판에 서 있다 그 자리를 벗어나자마자 번개가 내리쳐서 다른 사람이 죽기도 합니다.

그리고 막 놓친 버스가 고속도로를 달리다 마주 오는 트럭과 충돌하기도 하고 또 옆에 사는 이웃이 병들었을 때 당신 가족은 괜찮기도 하고, 꼭 사람이 아니더라도 자신도 모르게 또는 죄책감 없이 동물이나 다른 생명체들을 쉽게 죽이기도 하고, 살리기도 합니다.

이승에서 당신들 주변의 사고 때문에 범죄 때문에 또는 병으로 죽은 사람들은 당신들과 상관없는 사람들이 아니라 어쩌면 당신들이 죽을 것을 그 사람들이 대신 죽어 준 것이지요. 우린 이런 일들이 자신의 의도와는 상관없이 우연히 일어난다고 생각하지만, 모든 것은 반복되며 균형을 이루지요. 하나가 시들면 다른 하나는 자라나고, 하나가 태어나면 하나는 죽고, 산불이 일어나 수백 년 된 나무가 가득 찬 큰 산을 태우지만, 폐허가 된 산에는 새싹이 돋고 다시 숲을 만들어 새로운 동식물을 가득 차게 만들지요.

비우면 또 채워지고 채워지면 비우고, 계속되는 반복이지

요. 우리의 행동이나 말은 자신도 모르게 누군가에게 절
망을 주거나 상처를 입히고 죽게 하지만 희망을 주고 사
람을 살리기도 합니다.
이처럼 세상의 생명은 비우고 채우기를 반복하면서, 균형
을 맞추며 삶은 연결되지요.


(성자는 다시 군중을 모아놓고 그들 앞에 김일성을 세운다. 그리고 김
일성에게 묻는다)


**성자** : 왜 전쟁을 일으켰어요.


**김일성** : (죄책감에 고개를 들지 못한 체) 조… 조국 통일을 위해서요.


**성자** : 조국 통일이 그렇게 중요했나요.


**김일성** : 중요했어요.


**성자** : 왜 중요했나요?


**김일성** : 인민을 위해서요.
그러나 그 결과는 수많은 인민의 재산과 생명을 빼앗고
인민에게 고통을 남겼네요.

제가 전쟁을 일으킬 때는 인민을 위해서였고 최소한의
희생으로 빠른 시일 내에 끝내어 조국통일을 하고 싶었
어요. 고구려 백제 신라로 나뉘어 분열됐다가 다시 민족
통일 전쟁을 한 것처럼 말입니다. 길게 보면 우리 민족에
게 통일은 꼭 필요했고, 희생이 따르더라도 누군가 해야
만 했어요. 그때는 이게 인민을 위해서라고 생각했는데,
그렇게 큰 피해가 날 줄 몰랐어요.

그러나 어찌 그게 김일성의 마음대로 되겠는가,

남과 북은 쉽게 합쳐질 수 없는 서로 다른 정치 경제 사회체제였
고, 주변강대국들의 이해가 얽히고 설 켜 개입하게 되면서 전쟁은
처음 의도와는 상관없이 복잡한 양상으로 흘러가 수많은 인명피
해를 냈던 것이다.

이도 어찌 보면 누구도 어찌 할 수 없는 큰 변화의 흐름인지도
모른다.

결국, 김일성 때문에 피해를 본 군중은 성자의 안내로 자기도 모
르게 피해를 당하고 자기를 기다리는 사람을 모두 만난 후 아무도
김일성에게 복수하고 싶어 하는 사람이 없었다.

김일성은 수많은 군중에게 한명씩 찾아가 무릎을 꿇고 사죄한다.

얼마 전 박정희도 이 별에 들렀다.

인혁당사건 등 자신들 때문에 피해를 당한 사람들이 그를 기다
렸다.

이들도 박정희에게 복수를 하기 위해서 기다린 것이 아니었다.

삶과 죽음 속에 얽히고설킨 얄궂진 인연들을 알고 싶었고 박정희와 자신들의 인과 관계를 알기 위해서였다.

알고 보니 자신들도 똑같이 누군가를 자신도 모르게 죽이고 해쳤다. 그리고 자신이 그 상황에서 죽지 않았으면 다른 사람이 대신 죽었을 테니까, 어찌 보면 이들은 자신의 희생으로 다른 사람을 살린 것이다.


박정희 김일성 김대중은 이별에서 자신들을 기다리는 사람을 만나고 또 자신들도 가해자를 기다리며 만나서 삶과 죽음의 인과 관계를 배웠다.

그리고 가해자는 속죄의 눈빛으로 피해자는 안타까운 눈빛을 교환하며 사죄하고 가해자와 피해자가 서로 손을 내밀어 잡는다.

이들 모두는 자신들이 죽은 대신 자신의 희생으로 누군가를 살렸다는 것을 알았다.

왜냐고, 이 별은 삶과 죽음의 인과관계를 배우는 노란색별이니까.


다시 노무현과 박정희의 이야기로 돌아간다.


노무현은 박정희가 이제는 앞으로 친일했던 독립군을 잡는 데 앞잡이가 됐든, 미래의 유신과 인혁당사건 등으로 무고한 사람을 죽이는 독재자가 되든 이를 막기 위해서 박정희를 죽일 수는 없었다.

박정희를 죽인다고 자신이 이승에서 경험한 박정희를 바꿀 수 있다는 확신이 서지 않는다.

그리고 노무현에게 있어서 박정희는 어찌 됐든 잠시의 어린 시절 우정을 나눈 사이다. 또 어느 정도 정이 들고 우정이 생겼다.

단지 그는 미래에 그런 독재자가 되지 않게 하기 위해 다른 사람으로 바꾸고 싶었다.

1944년 10월 영철은 박정희를 만나기 위해 중국 화북지방의 열하성 홍룡현에 주둔하고 있는 일본군 제8단에 소속된 일본군 중위 박정희를 만났다.

홍룡현 중국요리 집에서 만났는데, 그 자리에는 일본군 대위로 봉천 비행장에 근무한 박승환도 합석했다.

박정희와 박승환은 일본패망이 머지않았다고 했다.

항일 활동을 하는 김일성 이야기도 했다.

김일성이 조국 광복회를 조직하고 1937년 6월 국내조직과 연계하여 압록강 상류인 해산진의 보천보를 습격했고 두만강 일대의 국경지대에서 유격활동 후 소조 활동으로 전환하면서 일본 토벌군의 추격을 피해 연해주지방으로 이동하여 현재 소련군과 함께 국내진공을 계획하고 있으니 김일성에게 주도권을 빼앗기기 전에 자신들도 빨리 국내진공을 해야 한다고 했다

두 사람은 만주에 국적을 둔 조선 출신 일본군 장교들을 60~70

정도 규합하고 만주에 산재한 독립군과 인근 부대의 조선인을 통합하면 1개 사단 병력을 편성할 수 있다고 판단했다.

이들은 국치일인 1945년 8월 29일을 계기로 국내 진공을 계획하고 있었다.

영철은 박정희의 또 다른 모습을 보고 있다.

박승환은 여운영이 이끄는 항일독립운동단체 건국동맹의 핵심 멤버였다.

건국동맹은 여러모로 전공을 세운 상당한 영향력을 가진 항일단체였고 박승환과 이야기하는 모습으로 보아 상당히 오랫동안 친분을 유지한 사이 같았다.

그리고 박승환은 분명한 일본군 대위이고 일본군 내에서 상당히 유능한 장교로 인정받고 있음에도 오래전부터 비밀리에 항일운동 건국동맹의 핵심멤버였던 것이다.

영철은 이러한 복잡한 상황과 박정희의 예상을 빛나간 행동에 생각이 복잡해진다.

박정희와 헤어진 후 많은 생각을 한 후 혹시 박정희가 일본의 패망이 멀지 않았음을 알고 독립군에 적극 가담하여 해방된 후 어떤 자신의 자리를 확보하기 위한 것이 아닌가도 생각했다.

그러나 박정희가 이끈 독립군이 일본군을 무찔렀다는 소식을 듣지 못했다.

어느 날 영철(노무현)은 일본이 패망했다는 소식을 들었다.

김일성이 소련군과 함께 한발 빨리 우리나라 북쪽으로 밀고 들어와 친소 정권을 세웠고 남한은 이승만정권이 미국을 등에 업고 이미 친미정권을 세웠다.

이제 동북아시아에는 일본의 시대가 가고 소련과 미국의 시대로 변했다.


박정희는 만주에서 귀국하여 대구에 머무르다 다시 조선경비 사관학교 2기에 입교하여 자신보다 일고여덟 살 어린 사람들과 동기가 된다.

박정희의 형 박상희는 박정희에게 아버지 같은 존재다.

돌아가신 아버지 역할을 했고 그에게 검도를 가르치고 민족주의를 가르쳤다.

어느 날 박정희에게 중대한 의미가 있는 사건이 발생했다.

1946년 10월 1일 대구 폭동이 일어났다.

10월 1일 대구에서 좌익들이 "쌀 배급과 일급제반대. 박헌영 선생 체포령을 취소하라"는 구호를 내걸고 폭동을 일으켰고 미국 군정에 의해 대구 일원에 계엄령이 선포되면서 폭동은 주변 농촌지역으로 광역화했다.

이 과정에서 선산군 민전(공산주의자들의 통일전선 조직) 사무국장 겸 선산 인민위원회 내부부장이던 박정희의 형 박상희는 2,000명의 군중을 이끌고 적기가를 부르면서 선산 경찰서를 습격하기도 했다. 이 과정에서 박상희는 인간적인 포용력을 발휘하여 군중의 폭도 화를 방지함으로써 인명피해나 약탈을 막았다.

친화력과 포용력이 있는 그는 우익 유지들로부터도 신임을 받고 있었다. 그 사건의 여파로 건국준비위원회 구미 지부장을 맡고 있던 박정희의 형 박상희가 충청도에서 지원 나온 경찰에 살해된 것이다.


폭동은 이미 진정됐기에 영철과 박정희는 박상희와 함께 만두를 먹고 있었다.

경찰이 신고를 받고 검문을 했는데 충청도에서 지원 나온 경찰인지라 박상희의 그 지역 평판을 모르고 있었고 박상희를 폭동을 주도한 극좌분자 정도로 알고 있어서 적대감을 품고 있었다.

경찰은 시장통을 지나다 박상희가 만두집에 있다는 신고를 받고 들이닥쳤다.

세 사람은 갑자기 총을 들이대고 나타난 경찰들을 보고 놀라고 박상희는 자리를 박차고 뒷문으로 뛰어 도망갔다.

경찰들은 뒤쫓았고 두 사람도 이들을 뒤쫓아 갔다. 얼마 후 "탕! 탕! 탕!"

박정희는 총소리가 들리는 쪽으로 달려갔고 영철은 다리를 절며 그를 뒤따라갔다.

영철이 현장에 도착했을 때 박상희는 머리와 가슴에 총을 맞고 좁은 골목길 바닥에 피를 뿌리며 이미 죽어있었고 박정희는 형을 안고 오열하고 있었다.

노무현은(영철) 처음으로 먼저 박정희에게 다가가 그를 안았고 눈물을 닦아주었다.

박상희의 친구 이재복은 박상희와 함께 남로당에 가입되어 있었는데 피살당한 박상희의 유가족들을 돌봐주고 있었다.

박정희에게 공산당 선언 같은 책자를 가져다주면서 그에게 남로당에 가입하고 형의 원수를 갚으라고 했다.

이후 박정희는 마르크스와 레닌 그리고 사회주의에 관한 책을 탐닉하고 영철에게 사회주의에 관해 자기 생각을 들려주었다.


**박정희** : 사회주의가 무조건 나쁜 것 같지만, 목표는 결국 국민이
평등하고 행복하게 사는 거야! 그걸 나쁘다고 할 수 없지.
(영철은 자신의 귀를 의심했다. 박정희는 단호하게)
내일 남로당에 가입한다!


그동안 알고 있었던 박정희하고는 전혀 다른 생각과 행동을 보이고 있었기 때문이다.

노무현이 생각할 때 이전까지 박정희의 전 생애를 보면 그는 분명 공산주의자가 아니었다.

그의 사상은 평등하고도 거리가 멀었고 국민의 행복과도 거리가 먼 경제와 성장이 우선인 자본주의 신봉자였고 개발독재자였다.

영철은 혼란스러웠다.

지금까지 박정희 친구로 변해 어린 시절을 함께하며 자기도 모르게 우정과 연민이 생긴 것 사실이었지만 그래도 머릿속에 깊게

남은 그의 생각은 천박한 자본주의와 권력욕에 사로잡힌 독재자로
만 알았는데 정반대의 생각을 하고 고민을 하는 것이다.

영철은(노무현) 이제 박정희의 탐구에 푹 빠졌고 자주 박정희를
만나러 갔다.

박정희는 소령 때 군부 남로당 핵심요원이 됐다.

영철도 이런 박정희가 불안하고 걱정스러웠다. 자신도 진보였지
만 너무 급진적이고 위험해 보였다. 여순반란 사건이 진압되고 여
수와 순천 일대에 계엄령이 선포되자 군은 숙군수사를 시작했고
박정희는 여순반란사건 주도 연루자 및 군부 남로당 수괴로 수사
선상에 오른다.

어느 날 박정희는 밤늦게 영철을 찾아왔다. 그는 자신이 며칠 안
에 체포될 줄 알고 있었지만 도망가지 않겠다고 했다. 영철은 박정
희 얼굴에서 절망을 보았다. 박정희를 살아서 보는 마지막이 될 것
같았다. 그는 노무현(영철)에게 들고 온 막걸리를 따라주고 잔을
들어 건배하며

**박정희** : 우리 다음 생에서 다시 만나자!

노무현은 술잔을 보고 반 잔쯤 마신 후 얼굴을 드니 박정희가 보
였다. 그런데 절망의 얼굴이 아닌 편안히 미소 띤 얼굴이었다.

다시 역 카페에 되돌아와 있다. 노무현은 역 카페에 박정희와 앉
아 있었고 옆에는 김대중이 있었고 자신이 변하기 전에 빈 의자가

하나 있었는데 김일성이 앉아 있었다.

이제 변하기 전에 자신이 독재자로 싫어했던 감정과 분노는 사라지고 이제 어릴 적 우정을 나눈 친구의 모습으로 보였고 앞에 앉아있는 것이 어색하지 않았다. 노무현은 박정희를 보며 편안한 미소를 지으며 술잔을 들이켰다. 노무현은 자꾸 친구처럼 생각되어 반말이 나오려고 했지만, 이승에서 그보다 나이가 한참 많았던 박정희에게 반말을 쓰기가 어색했다.

그는 존댓말로 바꾸려고 애를 쓰지만 쉽지가 않아서 눈치를 보자,

**박정희** : 괜찮아! 우린 어릴 적 친구였잖아. 친구처럼 말해!

노무현은 시간의 개념이 혼란스러워지고 점점 전혀 다른 개념으로 변해가고 있었다.

# 金 (가을)

# 火 生 土 生 金

（화　생　토　생　금）

역 카페에서 내려다보는 은하단과 은하군은 타원형을 그리며 빨간색에서 노란색으로 황금빛 단풍 색으로 변한다.

별들이 태어나 붉은색의 열기를 내 품으며 화려한 열정의 젊음을 맞이한 후 이제 서서히 그 절정을 넘어 다음 단계로 변해간다.

별들은 활활 타오르는 불덩이에서 서서히 화려했던 불의 열기를 간직한 흙으로 변하고 흙은 단단한 돌로 그리고 돌은 쇠로 굳어지며 황금빛으로 변해간다.

노무현도 박정희의 빈 잔에 술을 따르며 물어볼 게 많아 무얼 먼저 물어볼까 생각하자 박정희가 먼저 말을 꺼낸다.

**박정희** : 나의 이중성이 궁금하지?

**노무현** : 그래요, 먼저 왜 만주에서 일본군 장교였을 때, 독립군을 잡아 공을 세워서 일본인들에게 신뢰를 얻어야 한다고 했고, 또 왜 독립군단체에 가입하여 나라를 되찾는데 힘이 되고 싶다고 했나요?

**박정희** : (잔잔하게 웃으며) 희생이네.

**노무현** : (생뚱맞다는 듯) 희생이요?

**박정희** : 우리가 목표를 세우면 그곳에 도달하기 위해서는 희생

이 따르지.


**노무현** : 그러면 일본군들의 신뢰를 얻기 위해 독립군을 잡기 위

해 앞장섰었나요?

(흥분하여) 그것이 희생이었나요?


**박정희** : 자네도 자살을 결심할 때 자살도 희생이었다고 생각했

지?


**노무현** : (어떻게 알았느냐는 표정) ….


**박정희** : 자네가 내 친구가 되어 나를 이해했듯이, 나도 대중이도

일성이도 분노를 느끼는 사람이나 싫어하는 사람의 친

구나 하인 심지어 애완동물로 변해서 함께 하는 과정을

거쳤고 그래서 그 사람을 이해했지.

나도 자네의 친구 강금원으로 변해서 자네와 함께 고민

해서 잘 알고 있네.


**노무현** : (놀라며) 당신이 내 친구 강금원!


**박정희** : 강금원이 아니고 자네가 내 친구 영철이의 몸만 빌렸듯이

나도 잠시 강금원의 몸만 빌렸었지. 나도 강금원의 몸을

빌려 내 생각을 말했지만 내 생각대로 되지 않고 강금원의 생각대로 됐고, 단지 몸을 빌려 보고 듣고 느끼기만 했어, 자네와 똑같았지. 오히려 그것이 나에게 경청(傾聽)과 관조(觀照)를 배우게 했고 자네를 이해하게 됐지.

**노무현** : 난 아직 완전히 이해하지는 못했는데요.

**박정희** : 나도 마찬가지지.

(빙그레 웃으며) 모든 변화에는 순서가 있지.

그 첫 단계가 경청(傾聽)과 관조(觀照)야. 일단 경청(傾聽)과 관조(觀照)가 있어야 마음의 문을 열 수 있네. 그 다음 편한 대화가 된다네. 그래서 우리는 모두 이런 순서에 의해 상대를 이해하게 됐고 이해하니 용서하게 되고 화해하게 됐지. 여기 역 카페에 오면 그렇게 되고, 그렇게 변하는 곳이지. 자네와(노무현과 김대중을 보며) 대중이가 나를 천박하고 권력욕에 사로잡힌 독재자로 매도하며 민주주의 방해가 되는 절대적 악으로 몰아갔지. 자네들은 모르겠지만 난 상처받고 한이 됐어.

**김대중** : (노무현이 김대중의 눈치를 보자 웃으며) 나는 이미 박정희와 화해했네.

자네 여기 오기 전에 자네가 겪었던 경청과 관조를 통한 소통으로 이렇게 변했네.

**노무현** : ….

**김대중** : 그리고 자네를 여기 역 카페에 초대한 사람은…
      (눈짓으로 박정희를 가리키며) 박정희네.

**노무현** : (깜짝 놀라며) 세상에! 이럴 수가!

(노무현은 지금까지 여기로 자기를 데리고 온 것은 김대중으로 알고 있었다. 김대중은 원래 화해와 용서를 부르짖고 자기를 죽이려 했던 박정희를 용서했고 자신을 진정 이끌어 주었던 정치적 스승이자 동지였기 때문이었다)

**김대중** : 변하는 곳 사람들은 여기를 역 카페라고 부르지. 여기
      는 자기와 가장 소통하고 싶었고 친해지고 싶었는데, 그
      러지 못하고 적으로 지내온 사람이 한이 되어 그 사람
      과 친해지고 싶어 다시 만나기 위해 부르는 곳이네.
      (김대중은 일어서며) 자 이제 나는 내가 미워했던 사람이
      한 명 남았는데 찾아가.
      (노무현을 눈짓으로 가리키며)
      자네처럼 그와 대화하기 전에 경청하고 관조하는 시간

을 갖고 싶어 그의 애완견으로 잠시 변하려고 하네.

(노무현이 배웅을 위해 일어서자 그는 사라지고 없다)

**박정희** : (노무현을 보며) 나를 비민주 독재 권위주의 등 청산해야
할 악의 축으로 내몰며 나의 청산을 내걸고 정치적 입지
를 확보하며 계속 나를 공격했을 때, 나와 너무 다르다
고 생각했고 지독하게 미워했는데…. 마음의 짐을 내려
놓기 위해 자네를 이해하려고 자네 친구 강금원이 되어
보니, 자네는 나와 너무 많이 닮았다고 생각했지. 나의
젊은 시절의 나와 말이야. 그래서 소통하고 싶었고 그래
서 먼저 진짜 친구가 되고 싶었어. 그리고 또 하나 그것
이 바로 자네를 초대한 두 번째 이유지. 그것이 무엇인
지는 자네가 곧 알게 될 걸세. 나는 두 가지 때문에 자
네를 역 카페에 초대했네. 그러나 두 번째 이유를 알려
면 자네는 먼저 내 친구가 되어야 하는데 먼저 자네는
내 친구가 될 수 없었네.

**노무현** : ….

**박정희** : 이해가 부족했거든. 아니 이해하기 위한 대화가 안 되었
거든. 서로 상대를 무조건 거부하는 선입감 말이야. 그

런 마음의 벽을 쌓고 하는 대화는 오히려 자신과 상대를 지치게 하고 더욱 골이 깊어지는 논쟁밖에는 할 수 없는 거지. 경청과 관조는 대화의 카페에 오기 전 꼭 밟아야만 하는 계단이지.

**노무현** : ….

(두 번째 이유가 무척 궁금하다, 그러나 경청과 관조가 몸에 익숙해 조급증이 나지 않는다. 자연스럽게 알 때까지 기다리기로 했다)

**박정희** : 너무 나를 대단하게 생각하지마.

여기 오면 순서에 따라 나처럼 다 변하게 되니까.

**노무현** : (혼란스럽다는 듯 머리를 두 손으로 감싸며 신음소리를 낸다)

….

**박정희** : 자, 자네와 나는 이제 대화를 할 수 있게 됐으니 희생을 말해보세.

자네가 자살을 선택할 때는 자네의 희생으로 박연차 강금원 그리고 자네의 가족 자네를 믿고 따르는 사람을 살리고 싶었지?

**노무현** : (수긍한다) ….

**박정희** : 일본 식민지하에서 내가 선생을 할 때나 일본군에 있을 때나 일본인들은 내게 언제나 차별을 했었지. 나라 없는 설움을 나라고 왜 느끼지 않았겠나? 그리고 왜 나라를 되찾고 싶지 않았겠나? 그러나 그 해법을 찾기 어려웠지.

**노무현** : 말을 복잡하게 하지 말고 간단하고 쉽게 해주면 좋겠네요. 나는 아직 이곳이 익숙하지 않아 그런 모호한 말을 들으면 쉽게 이해 할 수 없어요. 간단하게 말해 주면 좋겠네요.

**박정희** : 그렇게 답이 간단했다면 왜 그토록 많은 고민을 했겠나. 답을 찾기가 어려운 시기였네. 희생이란 무엇인가? 무엇이 올바른 희생인가 그때 매일 머리를 싸매고 고민을 했었지. 그러나 답을 찾기 힘들었어. 나는 그때 나라를 되찾기 위해서는 어떻게든 살아남아야 한다는 것과 힘이 있어야 나라를 찾을 수 있다고 생각했네.

**노무현** : 힘을 가지려고 혈서를 쓰고 일본에 충성을 맹세했나요?

**박정희** : 장군이 되어 일본의 강한 힘을 이용하고 싶었지. 그래서

연기를 할 수밖에 없었어. 힘을 얻기 전까지는 어떤 희생이든 어떤 굴욕이든 감수하고 참아야 한다고 생각했네.

**노무현** : (수긍할 수 없다는 듯)

그건 변명이지요. 자네의 연기 때문에 죽고 절망한 독립군이 있다는 것을⋯. 자네의 혈서가 만주신문에 났을 때 우리 민족이 느꼈을 절망과 좌절을 생각해 보지 못했나?

(흥분하자 결국 어릴 때 친구로 보여 반말이 나온다)

**박정희** : 자네가 그렇게 말한다면 할 말이 없네⋯.

당시 문경 보통학교 교사였을 때 일본인 교장에게 충성 연기를 했지. 그러나 그에게는 난 모든 것에 있어서 일본인 다음이었어.

아무리 노력을 해도. 마음은 힘을 갖고 나라를 찾고 싶은데, 시골학교 교사로서도 자리를 잡기 어려웠지.

어느 날 그동안 쌓였던 분노가 폭발하여 교장과 싸웠고 싸움 도중 조센징은 어쩔 수 없다고 했고 계속되는 조센징! 조센징!

나도 모르게 주먹이 날아갔고 이왕 때리는 것 실컷 패줬지.

**김일성** : (술을 권하며) 자! 한 잔씩 하며 천천히 이야기하세!

**박정희** : 식민지하에서 한국인 교사가 일본인 교장에게 주먹질했
으니, 그만둬야 했지.

그만두고 무슨 일을 해야 할까 며칠을 고민하고 있는데,
갑자기 대구 사범시절 우연히 길을 가다가 순사와 군인
이 싸우는 것을 보았는데, 순사가 군인에게 꼼짝을 못하
던 장면이 생각났어….

그러면서 나는 결심했지. 호랑이를 잡으려면 일단 호랑
이굴로 들어가자. 여기 시골 문경에 묻혀서는 아무것도
이룰 수 없다. 이왕 충성연기를 하려면 확실히 하자.

그래서 장군이 되어 많은 일본군 부하를 거느리자.

그리고 나라를 되찾을 궁리를 하자.

그렇게 해야만 조국을 위해 무엇인가 할 힘을 갖추게 된
다고 생각했네. 그리고 연기를 하려면 확실히 하자!

결심한 후 면도칼로 손가락 끝을 갈랐지.

일종의 병법에서 말한 고육지계였네!(어려운 상황을 벗어
나기 위한 수단으로 제 몸을 상해가면서 꾸며대는 방책)


**김일성** : (웃으며) 자네의 연기실력이 그토록 뛰어났나?


**박정희** : 문경 초등학교 5학년 때 학예에 때 연극을 했는데, 내가
할머니 역을 했었어. 선생님들과 학부형들이 깜짝 놀랐
지. 정말 할망구 같다고!

모두 웃는다. 여유 있는 웃음이다.
그리고 모두 단풍 빛으로 변해가는 은하와 별들을 바라본다.


**김일성** : (노무현에게 잔을 권하며)

나와 박정희는 이미 뛰어난 연기자였어. 나는 연출가이

기도 했지.


**박정희** : 나도 들었지 자네가 영화나 드라마를 좋아하고 연출을

잘한다고, 아마 자네 아들 정일이는 영화에 관한 무슨

이론서도 쓰고….

그런데 영화를 좋아해서, (장난기 넘치는 표정으로) 신상

옥이나 최은이를 납치해갔나?


(모두 폭소를 터트린다)


**김일성** : (웃으며) 에끼, 이 사람아! 내가 그럴 사람으로 보이나?


**박정희** : (더욱 짓궂게) 그럴 사람으로 보이는데!


(다시 모두 폭소를 터트린다)


**김일성** : (박정희 표정을 살피며) 박정희와 나는 박정희가 죽을 때

까지 많은 사람을 속이는 대단한 연기를 했지.


　박정희는 김일성을 보며 아직 말할 때가 아니라는 듯 눈짓을 보내며 고개를 저었다. 노무현 두 사람이 뭔가 자신이 모르는 비밀이 있다고 생각했다.
　두 사람이 박정희가 죽을 때까지 많은 사람을 속인 연기라….
　노무현은 궁금했다.
　그러나 지금은 두 사람이 말할 것 같지 않다.
　그래 이해를 위해서는 경청과 관조의 계단을 밟아야 한다는 것을 알기에 많은 사람을 속였다는 연기에 대해서도 자연스럽게 알 때까지 기다리기로 했다.


**박정희** : 내가 연기를 하며 독립군을 잡고 독립군을 죽여 일본군에게 충성하는 줄로 아는데, 그건 아니었네.
　　　　일본군 상관들 앞에서 독립군을 소탕하는데 앞장선 것처럼 보이려고 했었지.
　　　　나를 믿게 하기 위해서였어.
　　　　그토록 한국인이 인정받고 살아남기가 어려웠지.
　　　　그러나 실질적으로 독립군에게 타격을 입히지 않았지.
　　　　결과적으로 그 반대였어.
　　　　독립군에게 일본군의 움직임을 미리 알려줬으니까.
　　　　네가 일본군 제8단 중위였을 때, 중국 화북지방 열하성

에 자네가 나를 만나러 와서 함께 중국요리 집에서 만
난 박승환이 생각나나?

**노무현** : (기억을 더듬다) 생각나네.

**박정희** : 그도 일본군에서 총망 받은 인재였네.
그도 마치 독립군을 잡기 위해 혈안이 된 것처럼 행동하
며 일본군의 신임을 얻고 의심을 피했지.
그러나 그는 항일 독립운동단체 건국동맹의 비밀 핵심
멤버였네. 나도 그와 마찬가지로 비밀리에 건국 동맹에
가입했었네.

**노무현** : (믿을 수 없다는 듯 웃으면서) 설마 그럴 리가.
그러면 이승에서 자네가 친일 논쟁이 있을 때마다 왜 떳
떳이 독립운동했다고 공표하지 않았나?

**박정희** : (노무현을 보고) 자네는 건국 동맹 어떤 단체인 줄 아나?

**노무현** : 건국동맹은 여운형과 박승환이 주도한 항일 독립군이었지.
그런데 결국 여운형과 박승환 등 핵심 멤버가 대부분 좌
익인사가 아니었나.

**박정희** : 맞네, 바로 그것이 문제였네.

그때는 지리적으로 독립군들이 활동한 장소가 만 소 국
경지대였네.

이곳은 험준한 지형이 많았고, 소련과 가까워 중국이나
만주 쪽 독립운동 단체는 대부분 좌익 인사들이 많았
네. 실제로 일본군과 싸우다 전세가 불리하면 소련으로
도피하기도 쉬웠고 소련에서는 일본과 적대적 관계였기
에 독립군을 지원했었네.

당시 사회주의와 일본 제국주의는 서로 상극이었거든.

난 비밀리에 건국동맹에 가입하여 독립군에 일본군의 움
직임과 유익한 정보를 알려주고, 일본군 내 조선인 장교
들과 독자적으로 독립운동 단체를 결성을 추진했네.

문제는 네가 일본육사를 졸업하고 군 생활을 시작한 지
1년 만에 일본이 패망해 버렸어.

초급장교이기에 큰 힘을 쓸 수 없었지.

이후 혁명에 성공한 후 반대세력들이 나를 공격할 때 단
골메뉴로 등장하는 게 바로 좌익과 친일이었네.

내가 그때 떳떳하게 독립운동 했다고 나서지 못했던 이
유는, 여운형이 주도한 건국동맹이 좌익성향의 인사들
이 많았기 때문이지.

나는 그때는 사회주의에 관심도 없었고 그냥 독립운동
을 하고 싶어서 가입했는데, 나중에는 남북이 갈라지면

서 세상이 변해버리니 말할 수가 없었네.

결국, 독립운동 했다고 하면 결국 반대파들은 여운형 박
승환과 접촉한 것 자체가 곧 좌익이 아니냐고 따지니까
말이네.

차라리 좌익보다는 친일이라는 말을 듣는 게 더 나았으
니까 거론하기가 싫었네.


**노무현** : 그건 못 믿겠는 걸,

국민의 자네에 대한 평가는 균형이 거의 맞지 않게 한쪽
으로 치우쳐 있었지, 극단적으로 긍정적인 평가와 극단
적인 부정적 평가뿐이었네.

물론 나도 극단적인 부정적 평가를 했으니까.

자네의 이 주장은 자네의 추종자들이 하는 말하고 비슷
하고 내가 직접 목격한 것이 아니니까 인정할 수 없네.

단지 내가 목격한 것은 중국에서 나와 자네와 박승환이
중국요리 집에서 합석하며 나눈 이야기는 인정하네.

그러나 자네와 박승환이 세운 계획 말일세.

독립군 1개 사단결성과 조선 진공계획은 단지 계획으로
끝났네. 한편으로는 자네는 일본의 패망이 가까워지자
일본군을 이탈하여 조선 진공 독립군을 결성할 생각을
하지 않았나 생각하네. 그리고 당시 중국지역 조선인 독
립군들에게 상당한 영향력이 있는 박승환과 힘을 합해

조선으로 진공하여 자네의 정치적 위치를 선점하기 위
한 방책이 아녔느냐는 의심도 배제할 수 없었네.
결과적으로 자네가 독립군을 잡으러 다니거나 죽이거나
타격을 입힌 것은 아니지만 그렇다고 자네가 독립운동
을 했다는 것은 인정할 수 없네.

**박정희** : 좋네. 자네는 이렇게 말벌처럼 쏘아붙이는 게 매력이야.
(익살스러운 몸짓으로) 그런데 이번에 쏘인 데는 좀 따갑
군, 식초 좀 발라야 하겠어!

(모두 웃는다. 모두 건배하며 막걸리 한 잔씩 마신 후)

자네와 나는 일단 대화를 시작했다는 것이 큰 변화라고
생각하네.
나는 결코 자네를 설득하거나 뭔가를 가르칠 생각은 없
네. 나의 말을 인정하고 안 하고는 자네의 판단에 달렸
지. 일단 내 생각을 말한 것뿐이니까.
어떻게 갑자기 사람이 다 이해할 수 있겠나.
갑자기 변하면 없는 수염도 나고 죽기도 한다지 아마!
(모두 웃는다)

**노무현** : 나는 단지 내 의사와 상관없이 자네가 어릴 적 잠시 친

구로 변해 연민과 정을 느꼈을 뿐, 아직은 마음속에서
우러나오는 진정한 친구로 생각지 않네.
그러니 너무 자신 있어 하지 말게.
네가 묻고 싶은 자네의 잘못과 허점은 너무 많으니까….

**박정희** : 맞는 말이네.
자네 의사와 상관없이 어릴 적 잠시 친구로 변했다고 어
찌 마음속의 친구로 받아들이겠나.
나도 네가 잘못이 많고 허점이 많은 걸 인정하네. 어서
질문하게나.

**노무현** : 일본인과 진실로 친한 사람들도 있었나?

**박정희** : 물론이지.
일본인이라도 어찌 한국인인 나에게 다 나쁘게 대했겠는
가. 진정한 우정을 나눈 친구도 적지 않아.
우리 민족이나 일본이나 지나친 민족주의와 국가 이익
만의 추구는 위험하고 고립을 초래하지.
일본의 실수도 지나친 국수주의, 바로 거기에 있다고 봐.
그러나 일본인 모두가 그런 것은 아니지.

(김일성이 두 사람의 대화에 끼어든다)

**김일성** : 나는 박정희에 대해서 큰 관심을 가지고 지켜보았네.

박정희의 형 박상희가 경찰에게 죽고 레닌이나 마르크스 공산당선언 등 책을 읽고 사회주의 사상에 심취하다 남로당에 가입했을 때 큰 기대를 했었지….

그러나 박정희는 촉망 받는 군인이 되어가면서 군에서 점점 존재감을 드러내자 더 깊이 생각해본 후 아니라는 생각이 들었어.

**노무현** : 왜지?

**김일성** : 어린 시절 가난 때문이지!

**노무현** : 가난의 체험이 사회주의와 더 가깝지 않나?

**김일성** : (고개를 저으며) 아니지….

대부분 사회주의 학자나 사회주의 지도자들은 어릴 적 극단적인 가난 체험을 해보지 않은 비교적 부유한 환경에서 자란 사람들과 기독교 가문이네.

나도 비교적 부유한 교육자 집안의 아들로 태어나 가난이 무엇인지는 알았지만 어릴 적 뼈저리게 체험해 보지 못했어.

어머니는 세례명이 강 베드로 강반석이 본명이었네,

어릴 때부터 독실한 기독교 신자인 어머니의 영향으로
평등과 분배를 먼저 생각하게 됐지.

**노무현** : 박정희는 어릴 적 뼈저린 가난을 체험해서 사회주의자가
될 수 없다는 것인가?

**김일성** : 사람은 어릴 적 체험이 무척 중요하지.
어릴 적 대부분 무엇이 되겠다는 목표를 정하지.
박정희의 어릴 적 목표는 가난에서 벗어나고 싶었지 나
처럼 평등이나 분배는 아니었지.

**노무현** : 목표는 언제나 변하는 건 아닌가?

**김일성** : 목표는 변하기 힘들다고 봐.
단지 그 목표가 무엇을 위한 목표인가, 뭐랄까. 즉 목표
는 변하지 않더라도 무엇을 위한 목표인가라는 목표에
대한 목적은 변하는 거지.

**노무현** : 그래, 나도 그렇게 생각하네.
예를 들어 권력 또는 부를 가지는 게 목표였는데, 어렸
을 때는 그냥 맹목적으로 사적인 목표를 세우지만 성장
할수록 무엇을 위한 목표인가 라는 질문과 고민을 하게

되지.

권력 또는 부의 획득 목적을 고민하게 되네.

즉 목표에 대한 목적은 그 사람이 얼마나 올바르게 성숙
하느냐 아니면 그 반대냐에 따라 변화네.

그 목적이 나 개인의 사리사욕을 위한 것이냐?

아니면 소외된 약자를 위한 것이냐?

아니면 국가를 위한 것이냐 등에 따라 큰 차이가 나지.

그 목적이 어떻게 변화냐에 따라 많은 사람을 고통스럽
게 하기도 하고 죽음과 전쟁으로 내몰기도 하고, 평화와
풍요, 행복을 가져다주기도 하지.


**김일성** : 나는 박정희의 남로당 가입은 형 박상희의 복수가 아니
면, 그냥 사회주의가 주장하는 평등과 분배가 도덕적으
로 좋아서 학문적으로 탐구한 후 남로당에 가입한 감상
적 사회주의자라고 판단했네.

이후 박정희가 군에서 유능하고 중요한 인물로 자리를
잡아가자 부담으로 다가왔고 언젠가 큰 부작용이 있을
거라 예상했지.


**박정희** : 나는 아버지 같은 형이 우익경찰에게 죽고 복수심에 불
타있었고 형이 봤던 사회주의 책을 보며 사회주의가 주
장하는 평등과 분배가 기독교에서 말한 세상과 같았고

도덕적으로 좋은 세상이라는 것을 알았네.

그리고 사회주의에 심취했지, 그러나 이 나라에는 평등

하게 분배할 건덕지가 없다는 것을 알았을 때 고민하게

됐네. 아직 사회주의는 역설적으로 나눌 게 많은 미국처

럼 풍요로운 나라에나 맞지 가난한 이 나라에 맞지 않

다는 것을….

(괴로운 듯 고개를 숙이며)

결국 나는 전향했지.


**노무현** : 변절 아닌가?

살기 위해서 숙군 수사에서 전국 남로당 조직을 넘겼다

면서?


**박정희** : 지금도 그때를 생각하면 가슴이 아프다네.

나 때문에 피해를 당한 사람들이 있었지….

나도 그 사람들도 길을 잘못 들어선 거지.

내가 알고 있고 수사기관에 넘긴 남로당 조직은 이미 미

군 정보기관이나 군 수사 기관에서 이미 알고 있는 조직

이었네.

그래서 군은 나의 진술서를 진정성 있게 받아주었고 내

가 공산주의자가 아니라는 것을 확신한 후 사형 직전에

나를 구명해줬지.

**김일성** : (박정희에게) 사회주의와 자본주의의 최종 목표는 무엇이
라고 생각하나?

**박정희** : 국민의 행복이지.

하지만 나는 가난한 우리나라 국민이 자본주의라는 수
단을 통해서만이 풍요롭고 행복한 세상을 만들 수 있다
고 판단했지.

목표는 같지만 이루는 수단이 다를 뿐이지.

**노무현** : 가난이 그렇게 싫었나?

**박정희** : 가난은 당시 우리 민족이 반드시 제일 먼저 극복해야 할
과제라고 생각했네.

**노무현** : 가난은 자네 같은 강한 사람을 만들어내는 밑천 또는
유산이기도 하지 않나?

**박정희** : 나를 강하게 만든 유산은 유산이지만 부정적인 유산이지.
당시 우리 조상들은 우리에게 가난이라는 부정적인 유
산을 남겨줬기에, 우리는 어린 시절을 헐벗고 배고픔에
고통받으며 지냈네.
어린 시절 가져야 할 좋은 추억과 감수성을 마비시킨 채

15세 정도만 되면 생계를 위해 공장으로 머슴살이로 식
모살이로 떠났네.

또는 타국으로 타국의 불리한 국제결혼으로 부모 곁을
떠나 대부분 객지로 가야 했지.

현대 필리핀이나 동남아 아프리카 남미 등 가난한 나라
사람들이 가난 때문에 우리나라 또는 잘사는 나라로 불
법적으로 입국하여 불리한 조건에서 노동력을 착취당
한 거와 같지.

또는 국제결혼이라는 명목으로 몇 백만 원 돈에 팔려 20
세 처녀가 50살이 넘은 말도 안 통하고 문화도 다른 타
국의 늙은이에게 시집가듯이 말일세.

이들이 생존을 위해 모든 걸 희생하고 얻은 것은 강한
정신력이지.

그들이 가난으로 얻은 강한 정신력과 독기를 올바른 유
산이라고 할 수 없지.

어쩌면 당시 혁명도 개발 독재도 가난과 부패의 부정적
치유지.

우리 후손에게는 이런 부정적 치유가 필요하지 않도록
나는 우리 대에서 내 손으로 끝내고 싶었네.

**노무현** : 그 과정에서 피를 흘렸고 인권탄압이나 부작용이 많았
는데도 말인가.

**박정희** : 희생 없이 이룰 수는 없었네.

그래서 부정적 치유라고 하지 않았나.

나는 말일세. 지네 가족은 집에서 쌀이 떨어져 굶고 있는데 가장이 밖에 나가서 정의니 이성이니 자유니 온갖 바른 소리를 지껄이며 고귀한 척 거드름을 피운 사람을 제일 싫어하지.

국가도 마찬가지야. 지도자가 국민이 먹을 게 없어서 굶고 있는데 민주주의니 사회주의니 독재니 하며 관념적 논쟁만 하는 게 싫었네.

그 당시 이 나라에는 당장 굶주린 국민과 어린이게 줄 빵이 필요한데 제2공화국 장면과 윤보선은 민주주의만 부르짖고 있었고, 사회주의는 나눌 수 있는 준비된 빵도 없이 나눌 생각만 하고 있었어.

그래서 혁명을 했지.

**김일성** : 박정희가 5·16 군사 혁명에 성공했다고 하자 내 측근들은 다른 사람들이 정권을 잡은 것보다 낫다고 생각한 사람이 있었는데….

나는 더 지독한 놈이 잡았구나 했지!


모두 소리 내어 웃는다.

노무현은 두 사람이 대단한 연기를 했다는 말이 무얼 뜻하는지 몰랐다. 확실한 건 아직 많은 사람을 속이고 무얼 연기했는지는 두 사람만이 알고 있는 비밀이라는 것이다.

그러나 궁금하지만, 다시 물어보기보다는 자연스럽게 기다려 보기로 했다.

그리고 이야기를 계속 이어갔다.

노무현이 막걸릿잔을 돌리며 단호하게,

**노무현** : 5·16 쿠데타는 자네의 잘못이네.

**박정희** : 5·16 쿠데타는 내가 성공한 것이 아니고 당시의 정치적
사회적으로 부패한 상황이 성공하게 해 주었지.
정치적으로는 자유당 정권과 제2공화국의 계속된 실정
으로 계속되는 시위와 폭동으로 국민은 극히 불안하고
지쳐있었고 사회적으로는 빈곤과 관료의 부패로 국민은
고통받고 있었지.

**노무현** : 그건 자네가 쿠데타를 합리화하기 위한 구실에 불과 한
거고, 객관성이 없는 자네의 편협 된 생각이네.
당시 대한민국은 자유당 정권의 실정으로 4·19 혁명 등
이후 제2공화국에서도 민중의 민주주의 요구가 자연스
럽게 분출되는 과정이었네. 그런다고 군인이 총 들고 뛰
어나와 정권을 잡는다면 세상은 어떻게 되겠나?

세상은 다 총 칼 든 군인이 정권을 잡겠네!
나는 어떤 일이 있어도 군인은 군인의 길만 가야 한다고
생각해.

**박정희** : 그럴까?

**노무현** : 자네의 그런 파쇼적 독재 발상 때문에 그동안 자네를 미
워했었네. 모든 정책과 변화는 보편적인 국민의 합의가
있어야 하네.

**박정희** : 보편적 합의? 그게 절대 선이고 올바른 방법일까.

**노무현** : 그렇지 그것이 최선의 정책결정 방법이라고 생각해.

**박정희** : 언제나 그런 것은 아니지.
자, 이제부터 자네의 생각에 맞춰 쿠데타라는 단어를 써
보겠네.
내가 중심이 된 쿠데타 가능성은 이미 군 지도부 집권
당 미국 군정 수사기관에서 알고 있는 거의 공개된 내용
이었지.
당시 나와 젊은 장교들은 정군운동을 통해서 그리고 군
과 사회에 만연된 부패를 청산하지 않으면 쿠데타를 하

겠다고 수차례 연판장 등을 돌리며 알려 주었네.

**노무현** : 미리 알면서도 군 수사기관에서 체포하지 않았다는 건
가?

**박정희** : 그때 상황은 그랬었네.

쿠데타 가능성을 알면서도 수개월이 지나도 부패척결의
의지를 군 수뇌부와 정치권에서 보이지 않았지.
당시 군에서는 이런 노래가 유행이었지
대령 중령 소령은 찝차(군용 지프) 도둑놈,
대위 중위소위는 권총 도둑놈,
상사 중사 하사는 군복 오카(군화)도둑놈,
불쌍하다 일병 이병 깐 밥(누룽지)도둑놈.
분명 부식과 보급품이 정상적으로 지급되는데도 졸병들
특히 일병 이병들은 중간에서 상관들이 빼먹고 밥을 굶
어야 했고, 돈을 가져오지 않는다고 구타를 당해야 했지.
어느 날 고재열이라는 사병이 제대한 후, 군 복무 시절
밥을 주지 않고 돈을 가져오지 않는다는 이유로 매일 구
타를 일삼은 상관에게 원한을 품고 전 상관의 집에 찾
아가 도끼로 일가족을 살해한 사건이 일어났지.
그런데 불행하게도 그 전 상관은 며칠 전 이사 가고 아
무 상관 없는 다른 가족이 대신 변을 당했지.

**노무현** : ⋯. (차마 못 듣겠다는 듯 고통스러운 표정으로 고개를 숙인
다)

**박정희** : 그리고 사형장에서 애국가를 부르며 죽어갔지.

당시 우리 군은 적이 침략하기 전에 부패로 스스로 무너
지기 직전이었어.

상황은 군뿐 아니라 관료의 부패가 사회도 비슷했었어.

하루는 내가 사복을 입고 고향 면사무소에 호적등본을
떼러 갔었어.

내가 오전 9시 30분에 갔는데 이미 민원인들이 긴 줄을
서 있더군⋯.

그런데 2시간을 기다려도 좀처럼 줄이 줄어들지 않은 거
야. 점심시간이 되어서 면사무소 직원들도 점심을 먹기
위해 문을 닫고 나오니 어쩔 수 없이 인근 식당에 들어
갔는데, 그 식당으로 면사무소 직원들이 밥을 먹으러 들
어오고 거기서 형 친구인 정미소를 운영하는 이곳 유지
를 만났어.

그는 나를 반갑게 맞이하며 내가 아침부터 줄을 서서 기
다린 이야기를 했더니, 웃으며 나에게 군인이라 참 순진
하고 세상 물정을 모른다고 하면서 줄을 서서 기다리면
하루 걸려도 호적초본을 발급받을 수 없다는 거야.

그는 일어서서 동료와 밥을 먹고 있는 담당 면사무소 직

원에게 가서 돈을 주머니에 담아주더군. 그는 남의 눈을
아랑곳하지 않고 마치 당연히 받아야 할 돈을 받은 것처
럼 받았어.

얼마 후 그는 점심을 마치고 나가더니 불과 5분도 되지
않아 호적초본을 발급해 식당까지 배달까지 해주더군.
나중에 알았는데 민원인이 뒷돈을 안 주면 일부러 기다
리게 했고 민원인이 뭔가 급한 기미가 보이면 더욱 많이
기다리게 했어. 기다리다 보면 바쁜 사람은 더 많은 뒷
돈을 줄 수밖에 없었어.

국민이 가장 많이 찾은 기초민원을 처리하는 현장에서
호적초본 하나 발급받은 데도 뇌물이 필요하니 다른 분
야는 얼마나 부패했고 국민의 고통은 얼마나 컸겠나.

나를 중심으로 한 쿠데타 세력들은 노골적으로 부패척
결을 하지 않으면 쿠데타를 하겠다고 육군 참모총장 장
도영에게 알렸고, 제2공화국 장면 총리와 윤보선도 알고
있었지.

**노무현** : 육군 최고 책임자 육군 참모총장 장도영은 쿠데타 세력
이 아니었나?

**박정희** : 그때는 아니었지.
쿠데타 세력의 최고 계급은 소장인 나였고, 후배인 김종

필이 중심이 된 육사 8기생들이었지,

군에는 나보다 계급과 서열이 높은 장성들이 적지 않았지, 이들은 대부분 쿠데타 세력이 아니거나 일부는 중립적이었네.

더구나 나는 쿠데타 얼마 전까지 군수기지 사령관으로 부산에 있었고 1960년 이후 쿠데타 모의설이 알려지면서 7월 30일 전남 광주 소재 제1관구 사령관으로 약 1개월 4일 동안 좌천을 경험하기도 했네.

쿠데타 당시에도 대구 2군사령부 부사령관으로 있었으니까 수도권의 군을 움직일 수 있는 요직이 아니었지.

장도영과 장면 윤보선은 어느 날 쿠데타가 임박했음을 알고 나에 대한 체포명령을 내렸어.

장도영이 명령을 받은 헌병 차감 이광선 대령은 수십 명의 부하를 데리고 조서용지, 수갑, 포승 등을 들고 6관구 참모 총장실에 있는 나를 잡으러 왔었지.

나는 도망가거나 대항하지 않고 당당하고 침착하게 그들 앞에 섰지.

그리고 "혁명을 도와달라!"라고 말하고 구국혁명에 대한 당위성을 연설하듯 말했지.

연설이 시작되자, 또다시 나를 체포하기 위해 방첩대 정명환 중령 등이 도착하고 무슨 일인가 하고 점점 많은 장교가 모여들었지.

나는 이들에게 자신 있고 당당하게 외쳤지.

나와 함께 혁명을 하자!

부정부패로 고통 받는 국민을 구하자!

나를 체포하러 왔던 헌병대와 방첩대 두 책임자는 나의 말에 공감하며 체포냐 혁명이냐를 두고 망설였어….

얼마 후 모인 군인들은 점점 많아져 수백 명이 되었고 누군가 한 명이 큰소리로 '혁명하자!' 외치자 여러 군데서 연쇄적으로 '혁명하자!' 라고 터져 나오더니 모인 모든 군인이 '혁명하자!'를 외쳤지.

결국, 헌병 차감 이광선과 방첩대 중령 정명환도 함께 혁명에 가담케 됐지.

이미 대세가 기울어진 후 쿠데타군이 동원되어 중요기관을 진입하는 상황에서도 마치 기다렸다는 듯, 누구도 적극적으로 쿠데타를 막거나 진압하려 하지 않았지.

결국, 쿠데타는 이렇게 총 한 방 안 쏘고 한 명의 인명피해 없이 성공했지.

제2공화국은 이미 쿠데타 이전에 무너져 있었어.

내가 치밀하게 전략 전술을 계획하여 군을 동원한 것이 아니라, 사회 전반에 퍼진 변화의 열망이 누군가 나서서 부패와 혼란을 막아야 한다는 열망이 쿠데타를 이끌었고 성공하게 했지.

결국, 혁명은 자연스러운 변화였지.

모두 수긍한 듯 말이 없자, 김일성이 잔을 들고 건배를 외친다.

역 카페 아래로는 얼마 전만 해도 우리 은하 몇 배나 커 보이는 거대한 은하와 우리 은하만 한 크기의 은하가 멀리 떨어져 있었는데 방금 보니 점점 가까워진다…. 큰 은하가 작은 은하를 중력에 의해 끌어당기고 있다…. 얼마 후 큰 은하가 작은 은하를 삼켜버린다…. 얼마 후 두 은하는 한 은하로 변하여 아무 일도 없었다는 듯 타원형을 그리며 운행을 계속한다….

네 사람은 이 죽음과 탄생이 반복되는 경이롭고 장엄한 그리고 아름다운 변화, 변화의 우주 쇼를 넋을 잃고 보고 있다….

변화는 거짓말처럼 멀리 있다 거짓말처럼 우리 곁에 찾아와 거짓말처럼 멀어진다. 그리고 또 우리 곁에 찾아온다.

그리고 계속 반복된다.


**노무현** : 5·16 혁명은 자연스러운 변화였다고 하세.

　　　　　그런데 그 이후에 계속되는 자네의 정치형태는 독재였고 자연스러운 국민의 변화 열망에 따라가지 못했네.


**박정희** : (빙그레 웃으며) 혁명이란 말을 자네 입에서 처음으로 들어보는군!


**노무현** : 너무 자만하지 말게!

　　　　　이승에서 일어난 일을 따져서 뭐 하겠나! 그냥 묵인하는

거지. 그리고 죽어서 다시 만나게 해준 자네에 대한 예
의이고.

**박정희** : 5·16 혁명을 자네가 최고로 여기는 보편적 합의라고 생
각지는 않나.

**노무현** : 아니지, 어찌 됐든 나중에 군대를 동원하고 각 기관을
군인이 통제한 상황을 보편적 합의였다고 할 수 없지.
단지 자네가 총 한 방 안 쏘고 인명피해 없이 쿠데타에
성공한 것은 그래도 쿠데타 중에서는 나쁘지 않다 정도
지. 비판적인 묵인이랄까.

**박정희** : 그래도 자네의 태도는 많이 변화했네.

**김일성** : 그래! 여기는 그런 곳이지 변화하는 곳 역 카페!

**노무현** : 아직은 다 자네를 이해한 것은 아니네.
혁명 이후 정권을 민간인에게 이양하지 않고 왜 군사독
재의 길을 걸었나?

**박정희** : 그래! 나는 일정 기간 독재자의 길을 걷고 싶었지.
깨끗한 독재자 말일세.

**노무현** : 먼저 자네가 정말 깨끗한 독재자였나?


**박정희** : 내가 혁명에 성공할 수 있었던 몇 가지 요인이 있었지만,
핵심은 청렴이었네.

혁명 때 나를 목숨 걸고 따른 후배 장교들이 나를 혁명
지도자로 추대한 것은 바로 청렴이었어.

혁명 당시 내가 소장이었네.

그것도 한물간 힘없는 장성이었지.

군에는 나보다 계급이 높고 요직에 앉은 장성들이 적지
않았지만, 이들이 나를 이미 혁명 한참 전 당시 내가 군
에서 한직으로 통했던 전라도 광주 포병학교 교장으로
있을 때 이들의 혁명지도자로 나를 선택했지.

내가 포병학교 교장으로 있을 때 내가 사는 광주 변두
리 전셋집을 세 명의 부하장교들이 놀러 왔었어.

내가 막걸리를 대접했는데 술상을 차리고 나까지 네 명
이 앉으니 내 처 육영수는 앉을 자리가 없어서 추운 거
울 밖에서 기다려야 했어.

내가 사는 셋집은 세 평짜리 단칸방이었는데 살림살이
와 작은 장롱 하나를 넣으니 나와 내 아내가 누우면 딱
들어찼지.

그리고 집이 낡고 낮은 슬레이트 지붕이었는데, 이들이
방에 들에 올 때는 거의 기어서 들어와야 했어.

부하 장교들은 술을 마시면서도 즐겁지 않았는지 침울한 표정이었어.

어느 정도 취기가 돌자 한 부하 장교가 "그래도 대한민국 장성이신데 이렇게 초라하게 사시면 군 사기에 문제가 됩니다." 하며 한숨을 쉬며 낙담하더군.

또 그 이전 장도영이 2군단장 시절 한 휼병 참모가 그에게 찾아와 "박 장군은 청빈한 것이 지나쳐 가족들이 아직 셋방살이하며 생계가 어렵다. 아무리 전쟁에 피해가 크고 모든 국민이 빈한한 생활을 하고 있지만, 장군이 있을 집 한 칸이 없어서야 되겠는가?" 했다네.

나는 돈을 모을 수가 없었어.

당시 부패가 심할 때라 다른 부대는 대령만 돼도 한 달에 집 한 채 모은다는 시절이었지만 나는 월급밖에 생긴 게 없었어. 이도 부하들 술 사주고 애경사 챙기다 보면 언제나 적자였지.

내가 군 부패척결에 발 벗고 나서니, 내가 부임한 부대 부하들도 부패는 꿈에도 생각할 수 없게 되고 이를 못 견디는 장교들은 전출을 희망하여 다른 부대로 갔어. 결국 내가 지휘관으로 근무한 부대는 깨끗한 부대가 됐지.

혁명 때 끝까지 흔들림 없이 목숨을 걸고 함께했던 대부분은 나와 함께 근무한 경력이 있는 장교들이었어.

이들은 깨끗한 사람이 지도자가 되어야 한다고 생각했

어. 언제부턴가 한직에 있는 나를 그들의 지도자도 선택했고 이런 분위기는 점점 군 전체로 퍼져 나갔네.

그러던 어느 날, 내가 이들이 선택한 혁명 지도자가 되어 있었지.

혁명이 있던 날 미국 정보기관에서는 나에 관한 정보를 가지고 있지 않았어. 나는 그들의 관심 밖의 영향력이 없는 한물간 장성이었거든.  그들도 내가 혁명 지도자라는 것에 놀라고 당황했어.

네가 혁명 지도자로 추대된 것은 여러 가지가 있었지만, 청렴이 큰 비중을 차지했다고 생각하네, 혁명이 성공하여 집권하고 개발독재를 했지만 나는 부패하지 않았네,

**노무현** : 속된말로 털어도 먼지가 안 날 자신 있나?

**박정희** : 나와 윤보선 그리고 김대중은 대권 주자로 선거에서 각각 한 번씩 국민의 심판을 받은 적이 있네.

이들은 유세나 정치공세에서 나의 장기집권과 인권탄압 독재를 가지고 공격했지. 나의 사욕을 위한 부패를 입에 올리지 않았어.

그만큼 그 부분에는 깨끗했으니까….

정치공세를 할 때도 품격이 있다고 생각하네.

명확한 근거도 없이 또는 상식적으로 대통령을 지낸 사

람으로서 묵인할 수 있는 사소한 것까지 물고 늘어지면
결국 여론의 역풍을 받게 되지.
오히려 공세를 하는 쪽이 추하게 보이거든….
자네가 대통령 임기 후 반개혁 세력들에게 당했던 경우
처럼 말이야…. 그리고 난 혁명에 성공한 후 일정 기간
독재자의 길을 걷고 싶었네.

**노무현** : 일정 기간이 아니고 자네는 죽을 때까지 독재자였지.

**박정희** : (웃으며) 바로 그것이 문제였지.

**노무현** : 자네의 잘못을 인정하는 건가.

**박정희** : 어찌 나라고 잘못이 없었겠나. 지금 생각하면 아쉬운 부
분이 많지.
(노무현을 보며) 그럼 내가 독재를 하며 잘한 점은 없다고
생각하나?

**노무현** : (생각에 잠기며) 있지.
어찌 자네라고 잘한 점이 없었겠나.

(다 함께 웃는다)

**박정희** : 그래, 인간의 모든 행동의 결과에는 빛과 그림자가 있지.

빛은 경제성장과 자주국방, 그림자는 독재와 장기집권이

지 독재와 장기집권이라는 그림자가 있었기 때문에 경제

성장과 자주국방이 이라는 빛이 있었어.


**노무현** : 그건 너무 관대한 평가 같은데.

자네가 생각하는 경제 성장부터 짚어보세.

경제성장은 자네가 아니었어도 우리 국민은 이루었지.

우리 국민은 그만큼 근면하고 똑똑한 민족이니까.

경제성장은 저임금으로 열악한 환경 속에서 먹고 잠만

자고 일만 한 노동자의 피땀으로 이루어졌고, 자기는 못

먹고 못 입더라도 자식만은 가르쳐야 한다는 뜨거운 교

육열과 우리 부모님의 희생이 오늘날의 경제 성장을 이

루었다고 생각하네.

경제성장을 어찌 자네 힘으로 이루었다고 생각하나?


**박정희** : 역시 자네다운 생각이군!

여기가 저승이지만 사람이 갑자기 변하면 여기서도 죽

는다네!


(다 함께 크게 웃는다. 또 죽는다는 말에 노무현이 움찔하자, 장난기

가득한 미소를 지으며 박정희가 손을 아니라는 뜻으로 흔든다)

**박정희** : 걱정하지 말게 농담이네.

**노무현** : 운 좋게 천국 같은 곳에 왔는데,

　　　　　또 죽는다니…. 십년감수 했네! 이 사람아!


(다시 한 번 크게 웃는다. 얼마 후 박정희 다시 말을 잇는다)


**박정희** : 세상일이 어찌 많이 배우고 노력을 한다고 다 이루어지

　　　　　겠는가?

　　　　　그렇게 되면 세상은 참 공평하지!

　　　　　그렇게 공평하다면 왜 착한 사람이 빨리 죽는 일이 일어

　　　　　나겠는가.

　　　　　그리고 죽기 아니면 살기로 일만 해도 가난에서 못 벗어

　　　　　난 사람과 국가가 있겠는가?

　　　　　세상은 그렇게 공평한 곳이 못되니 절망이 있고 좌절이

　　　　　있지….

　　　　　물론 우리 국민은 대단한 저력을 가진 국민이지!

　　　　　나도 국민 한번 팔아먹겠네!


(모두 크게 웃는다. 노무현과 김일성을 번갈아 보며)


**박정희** : 자네와 김대중은 국민을 팔아먹는 종목에는 국가대표

선수 아닌가?

(다시 한 번 웃는다,)


**노무현** : (웃으며) 정치인은 국민이 있어야 존재하니까 국민을 자
꾸 언급 할 수밖에 없지 않겠나.
당연히 정치인은 국민의 눈치를 보고 국민을 섬겨야 하고.
왜냐고?


**박정희** : (능청스럽게) 그래 왜?


**노무현** : (장난스럽게) 국민이 밥 먹여 주니까!


(다시 모두 크게 웃는다)


**박정희** : 국민이 밥 먹여주니까!
참 솔직한 대답이네.
이승에 있었을 때 이런 솔직한 말을 했다면 나도 자네와
대중이에게 마음의 문을 열었을 텐데….
내가 이승에 있을 때 두 사람이 나를 그토록 싫어한 이
유가 군사독재였다면 내가 두 사람을 그토록 싫어한 가
장 큰 이유는 국민을 파는 것이었어.

위선과 포퓰리즘으로 보였지.

대중이는 위선, 무현이는 국민을 팔아먹을 만큼 노련한 정치인은 아니었고, 아직 정치를 몰라서 뭐랄까 운동권 학생 같은 순수한 열정이라고 판단했거든….

내가 한때 사회주의 사상에 심취했듯이 말이야.

모두 내가 수구 꼴통 보수로 아는데 나는 원래 진보였네.

그러나 어느 순간 국민을 위한 실리가 중요하지 진보나 보수는 의미가 없다고 생각했네.

내가 보기에는 자네의 열정은 순수하기는 한데 좀 안타까워 보였어.

정치를 모르는 초보자가 마치 산전수전 다 겪은 달인보다 더 고수인 것처럼 아는 척하고 날뛰면 얼마나 고수는 한심하고 우스웠겠나?


**노무현** : (장난치듯이) 우습게 보이다니! 위선이라니!
똥 묻은 개가 재 묻은 개 나무라지 마소!


(모두 폭소를 터트리고 잔을 비운 후)


국민을 자주 언급한 것이 위선처럼 보였다면 자네는 민주하고는 거리가 먼 지도자 중심사상이 뼛속 깊이 박힌 타고난 독재자라니까.

**박정희** : 그럴지도 모르지.

얼마 전 이 카페에 심리학자 프로이트가 다녀갔어.

**노무현** : 우리하고는 다른 세대 아닌가.

**박정희** : 여기서는 시간과 공간의 개념이 자유롭게 변하니까, 과
거와 미래 어느 장소 든 이해를 위해서라면 자유롭게 변
하고 자유롭게 갈 수 있지,
그래서 다 친구야.

**노무현** : 만나서 무엇을 이해하고 싶었나.

**박정희** : 링컨이 말한 '국민을 위한, 국민에 의한, 국민의 정치' 속
에 정치적으로 어떤 계산이 숨어 있는지 물었지

**노무현** : 이 말은 민주주의의 이상 아닌가?
이런 좋은 말에 무슨 계산이 있겠는가….

**박정희** : 링컨도 산전수전 다 겪은 정치인인데 정치적 계산이 없
이 이 말을 했겠나.
프로이트는 이 말속에는 국민을 자기편으로 끌어들이는
마술 같은 힘이 있다고 했어.

링컨이 정권을 잡고 정치를 하면 마치 자신이 정권을 잡
고 정치를 하는 것처럼 착각을 일으키게 하는 마술 같
은 힘이 있다고 하더군.

이 말을 들은 국민은 링컨과 자신을 동일시하게 만든다
는 거지….

마치 연예인이나 스포츠 팀이나 그 팀 스타의 팬이 된
것처럼 링컨의 맹목적인 팬이 되게 만든다는 거지.

이런 동일시 전략은 상업광고나 정치 선전술로 계속 현
재까지 써먹고 있다고 하더군.

나는 두 사람이 이런 식으로 국민을 들먹이며 국민을 자
기편으로 끌어들이기 위한 고도의 심리전이 내포된 정
치 선전을 한다고 봤지.

**노무현** : 프로이트 주장이 반드시 맞는 것은 아니네.

자네의 의식 속에는 개인이나 국민 중심이 되는 세상을
거부하고 유능한 지도자가 중심이 되는 세상을 동경하
기 때문에 민주주의 이상을 너무 부정적으로 보는 거야.

(노무현이 빈 잔에 술을 따른 후 반격한다)

지도자 중심의 독재로 자네가 이룩했다는 경제발전의 기
반이 무엇인 줄 아나.

**박정희** : ….


**노무현** : 일본과의 굴욕외교와 월남전에서 젊은이들 피 판 돈이
지….


**박정희** : (여유 있게 웃으며) 맞아, 맞는 말이야!
두 사람은 박정희의 여유 있는 모습에 의외라는 듯.


**노무현** : 기분 나쁘지 않아?


**박정희** : (명쾌하게) 기분 나쁘지 않아!
없는 말 한 것도 아닌데 뭘!
그래서 난 이승에서 이미 내 무덤에 침을 뱉으라고 했지!
(노무현을 보며)
이승에서 자네 같으면 36년간 우리 민족에게 치욕과 상
처를 줬던 일본과 굴욕외교를 할 수 있었겠나?


**노무현** : 죽어도 못하지.


**박정희** : 월남전에 이 나라 젊은이들을 보내서 그 피 값으로 돈
을 벌어올 수 있었겠나?

**노무현** : 김대중과 나는 죽어도 못하지.


**박정희** : 두 사람이 인권 때문에 굴욕 때문에 국민의 보편적 합의
를 얻지 못하기 때문에 못한 걸 나는 했지.

물론 그렇게 하는 것이 돈뿐만 아니라 여러 가지 국익에
도움이 된다고 판단했어.

국익에 도움이 됐던 사건들을 나열하면,

(노무현을 보며)

무현이가 자화자찬이라고 쏘아붙일 것 같으니 생략하
고…. 일단 돈 이야기만 하지.

당시 무, 유상 8억 달러 차관을 배상금조로 타오고 젊은
이들의 피 값으로 고속도로를 만들고 제철소를 만들어
서 경제발전의 기반을 만들고 중화학 공업을 육성하여
자주국방과 수출이라는 두 마리 토끼를 잡았지.


**노무현** : 자네가 중화학 공업 육성한다는 명목으로 이들 기업에
지원하며 엄청난 국고를 탕진하지 않았나.

그 결과 오늘날 엄청난 재벌을 만들어 주었고….


**박정희** : 당시에 자주국방과 수출 때문에 중화학 공업 육성에 모
든 것을 걸었네.

처음에는 오일 쇼크 등 국제수지 악화로 이들이 큰 어려

움을 겪게 되지.

이들이 문을 닫게 되면 경제 기반이 흔들리게 되고 나
의 위치도 어려워지니 대폭의 지원이 있었지.

**노무현** : 자네가 기업의 담보물이 되어 버렸구먼!

**박정희** : (웃으며) 내가 속된말로 된통 물려 버렸지!

일단은 기업을 살려야겠다는 급한 마음에 은행에 일단
무조건 지원하라고 했지.

처음에는 밑 빠진 독에 물 붓기였어,

기업에서는 급한 틈을 이용하여 기업 살리라고 지원한
돈을 교묘히 빼돌려 부를 축적하기도 했지만, 이들을 죽
일 수는 없었어.

결국 오일 쇼크가 진정되고 국제수지가 개선되면서 중화
학 공업은 수출의 주역이 되었고 자주국방을 가능하게
했어.

**노무현** : 그때 자네의 무차별 지원으로 우리나라의 문어발식 거
대 재벌이 탄생했지.

그리고 현재 대한민국은 재벌공화국이 되었네.

**박정희** : 그때의 나로서는 무조건 지원할 수밖에 없었네.

일단 살려야 했으니까.

**노무현** : 그렇지 자네가 국민을 이끌고 갈 수 있는 가장 큰 목표
는 경제 개발이었으니까….
기업을 살리지 않았다면 국가 경제가 무너지고 경제가
무너지면 그때 자네의 정권도 붕괴했을 테니까.

**박정희** : (웃으며) 너무 예리하군! 면도칼 같아!

**노무현** : 왜 이후 경제가 안정된 후에도 재벌을 계속 지원했나?

**박정희** : 더 크게 빵을 키우려고 했고 나누고 싶었어.
그리고 이제는 나눌만한 빵이 만들어졌다고 판단하고
재벌 개혁을 제2의 혁명으로 정하고 과감히 개혁을 단
행하려는 계획을 세웠지.
그런데 갑자기 죽게 됐어.

**노무현** : 자네가 뿌리고 거두지 못한 씨앗이 지금은 대통령보다
실질적으로 힘이 강한 재벌을 만들었네.
그리고 그 씨앗이 재벌이 정치 경제 사회를 주무르는 재
벌공화국을 만들었고 양극화라는 극단적인 빈부격차를
가져왔네.

**박정희** : 일부는 책임이 있지.

그러나 빵을 만들어 놓고 죽었으면 빵을 어떻게 먹어야
하고 어떻게 나누어 먹느냐는 살아있는 사람들이 해야
하는 일 아닌가?
대통령을 지낸 자네와 대중이는 뭐했나?

**노무현** : 난 대통령이 된 후 지도자가 중심이 된 권위주의를 청산
하고 작은 정부 국민이 참여하는 정부를 만들고 싶었어.

**박정희** : 그러면서 재벌과 검찰을 개혁하고 싶었나?

**노무현** : 그랬지. 국민의 합의를 얻으면 될 줄 알았지.
그런데 국민은 대다수 개혁에 합의하는데 이해 당사자
들의 반대에 부딪쳤네.
그들을 설득하는 데 실패하고 시간을 끄니 반대자들은
자본과 검찰 권력, 보수 언론을 앞세워 개혁세력들을 흠
집 내고 약점을 잡고 늘어지며 정쟁에 휩싸이게 됐지.
이렇게 시간을 끌다 보니 개혁세력도 분열되고 이를 지켜
본 국민도 개혁피로감이 쌓이며 결국 무관심해지더군.
결국, 아무것도 할 수 없었지.

**박정희** : 개혁에 대한 자네의 순수한 열정을 나는 잘 알고 있네.

자네 친구 강금원으로 변해 지켜봤으니까.

자네는 내가 사회주의에 빠져있을 때 나의 모습과 같았지.

내가 가장 힘들었던 시절이 있었네.

남로당…. (하고 싶은 말을 멈춘다)

나는 무언가 알려주고 싶었어.

나는 한때 자네보다 앞서 가는 진보였네.

어떤 사람이 처음 올바른 길이라고 믿고 그 길을 갔는데 걷고 나니 올바른 길이 아니었고 들어서지 말아야 할 최악의 상황을 경험했다면 자기와 닮은 누군가에게 그 길을 걷지 못하도록 알려주고 싶은 욕구가 생긴다네.

그래서 자네에게 연민을 느꼈지.

그리고 자네와 친구가 되고 싶었어.

목표에 대한 목적은 사람이 성숙할수록 올바르게 바뀌어 간다네….


(안드로메다은하 너머 지구가 있는 우리 은하를 본다)


**노무현** : ….


**박정희** : (다시 노무현을 보며)

자네의 개혁은 동화에 나오는 고양이 목에 방울 달기였어.

쥐들이 모여서 그럴싸한 탁상공론을 펼치지만, 결국 아

무도 방울을 달수 없었어.

쥐는 어차피 고양이 목에 방울을 달수 없었으니까.

나눌 수 있는 부가 없는 사회주의도, 힘이 없는 개혁도

결국 탁상공론으로 끝날 수밖에 없는 거지.

자네가 대통령의 권위를 포기한 순간 국민이 준 권력을

방치한 순간 개혁은 이미 끝난 거지.

자네는 쥐 재벌과 검찰 보수언론은 고양이였으니까.


**노무현** : 나의 정책결정은 시간이 걸리더라도 보편적 합의를 통하

는 것이었어.

국민과 이해당사자와 상식적인 절차에 의한 상식적인 합

의 말이야.


**박정희** : 국민은 기다려 주지 않지.

국민은 당장 눈에 보이는 개혁의 결과를 원하지, 눈에 보

이지 않은 과정과 절차에는 관심이 없어.

결과가 없으면 곧바로 등을 돌리지.

냉정하게 현실을 말하면 국민이 원하고 국민을 위한 정

치는 말로만 국민을 외치는 정치가 아니라 희생의 피를

흘려서라도 독재를 해서라고 당장 국민에게 눈에 보이는

개혁과 이익을 가져다주는 정치인지도 모르지.

**노무현** : 나는 죽어도 개혁을 위해 희생의 피를 흘리거나 독재를
할 생각은 없네.


**박정희** : 그래서 자네는 자살을 선택했지.

나는 살아남기 위해 혈서를 쓰고 실리를 위해 굴욕 외
교를 하고 큰일을 이루기 위해 하고 싶지 않은 연기를
할 때는 죽는 것보다 더 힘들었어.

어찌 보면 굴욕의 짐을 지고 살아간다는 것은 죽는 것
보다 어려운 일인지도 모르지.


## 相 生 (상생)

### 木 生 火 生 土 生 金 生 水
### (목 생 화 생 토 생 금 생 수)


내가 광주 포병학교 교장이었을 때 연병장 옆 연못에는
120년 된 타로 잉어가 살았지.

나는 당시 부패한 군과 사회를 볼 때마다, 울화통이 날
때마다 그 연못에 잉어를 보러 갔지.

이렇게 오래된 잉어가 있다는 것을 안 것은 가뭄에 연못
물이 말라 바닥이 보이자 주임상사와 장교들 몇 명이 함
께 바닥에서 파닥거리는 고기를 잡고 있어서 가보았어.

그런데 거기서 오래 근무한 주임상사가 1m가 넘는 잉어를 보고는 120살 된 타로 잉어라고 하면서 잡고 있었네.

자세히 보니 한쪽 지느러미가 없었고 살도 여기저기 패여 있었는데 오래된 상처 같았지.

주임상사는 나에게 푹 고아서 먹으면 약이 된다고 하면서 큰 김장용 고무다라에 담아 주었지.

나는 고통스럽게 파닥이는 잉어를 한참을 바라보다 잉어의 눈과 마주쳤어.

잉어의 눈이 어린애 눈만큼 컸고 사람 눈처럼 감정이 담겨있었어.

눈빛에는 살고 싶다는 강렬하고 절실함이 담겨 있었지.

나는 순간 움찔했어.

마치 살려달라고 몸부림치는 사람 표정 같았거든.

나는 즉시 연못에 다시 풀어주고 장병과 함께 연못에 물을 채워 주었지.

이후 잉어에 대해 자세한 이야기를 듣게 됐어.

지느러미가 없는 것은 누군가 모르고 외래종 물고기를 넣었는데, 그 외래종들이 기존의 고기를 다 잡아먹고 덩치가 제일 큰 타로 잉어를 마지막으로 공격했어.

외래종에게 잉어의 한쪽 지느러미를 뜯겨 먹히고 살점을 뜯겨 먹히면서도 그들과 싸우며 어렵게 살아남았던 거야. 그런데 계속 공격하던 외래종들은 어느 순간부터 공격하지 않더래. 공격한 외래종들이 부상을 당하면서도 오랫동안 끈질기게 싸우며 저항하는 잉어에게 질리고 지친 거지.

결국 연못의 외래종들은 잉어를 함께 살아가야 할 상대로 인정하면서, 서로 상생하는 새로운 질서가 생긴 거야. 연못에는 평화가 왔지.

이렇게 알게 된 잉어를 힘들 때마다 보러 갔어.

잉어는 나와 눈이 마주치면 인사하듯 물 위로 높이 솟구치는 거야. 그리고 한쪽 지느러미가 없는데도 뒤꼬리를 이용하여 어렵게 균형을 잡으며 연못을 묵묵히 헤엄치며 돌고 있었어.

잉어를 볼 때 마다 대단하다는 생각이 들었어.

연못에서 120년을 살아가는 동안 별 우여곡절을 다 겪었을 텐데….

동족인 같은 타로 잉어 한 마리 없이 외롭게 혼자서 120년을 버티며 살아있다는 것이 장했지.

마치 내가 식민지하에서 굴욕을 참고 살아남기 위해 몸부림친 것 같았지.

나는 중얼거렸지 "난 몸도 온전하고 가족도 있고 친구가 있어도 힘든데, 넌 혼자서 외롭게 120년을 버티며 살았구나, 장하다 장해!

나도 다시 한 번 견디고 살아보자!"

**노무현** : 내가 자살한 게 삶의 의지가 약해서가 아니었네.

나를 희생해서 앞으로 나 때문에 고통받을 다른 사람을 살리려고 했네.

희생으로 자살을 택한 거지.

검찰과 반대세력들은 나와 내 측근들을 아예 더럽고 추잡한 범죄자로 몰아 굴욕과 모욕을 견디지 못해 스스로 목숨을 끊거나 감옥에 보내거나 수사 스트레스로 인해 미치게 하려고 했네.


**박정희** : 권력과 정치란 것이 그렇게 비정한 것이네.

검찰은 권력의 바람이 불면 풀잎보다 먼저 누워 버리지.

그리고 법은 권력 앞에 침묵하지,

자네는 정권을 잡았지만 이미 죽은 권력이기에 바람을 일으킬 만한 힘이 없었지. 그래서 검찰과 재벌은 대통령인 자네를 무서워하지 않았고 우습게 보았지.


**노무현** : 그래서 나는 공직자 비리 수사처를 만들려고 했어.

그리고 경찰에게 수사권을 줘서 검찰을 견제하는 방안도 생각했지.


(박정희는 재벌 개혁도 들어봐야 뻔하고 의미 없는 말이란 듯 손을 저어 말을 막고)

**박정희** : 무엇을 만들어도 무슨 방법을 써도 결국 결과는 똑같지.
어떤 사정 기관을 만들어도 죽은 권력이 이들을 움직일
수 없거든.

**노무현** : 그럼 누가 대통령이 되어도 검찰과 재벌을 개혁할 수 없
다는 것인가?

**박정희** : 그렇지! 개혁하더라도 알맹이가 없이 껍질만 바꾸는 거지.
자네의 시도와 똑같아.
검찰 개혁하자는 여론이 들끓으면 공수처를 만들거나 경
찰에게 수사권을 나눠주면 국민은 마치 검찰 개혁이 된
것처럼 느끼겠지.
그러나 껍질만 바뀌지 알맹이는 똑같지.
이들이 검찰이 하는 비리를 똑같이 반복하거든.
재벌개혁도 검찰개혁과 결과는 똑같이 알맹이는 그대로
고 포장만 바뀌는 거지.
시스템이 개혁할 수 없게 되어있어.
현재의 대통령은 개혁은 할 수 없고, 현재의 시스템을 관
리만 할 수 있게 되어있어.
기업 같으면 일종의 관리사장 같은 거지.
그것도 5년 단임제니 대통령이 개혁하겠다고 나서면 이
들이 보고 웃지.

대통령 임기 3년이 접어들면 레임덕에 들어가고, 이미 그나마 형식적으로 남아있는 권력도 사실상 끝나고 다음 대통령에게 줄을 서지.

이때 재벌과 검찰은 어디 두고 보자며 대통령의 비리를 캐기 시작하고 임기가 끝나자마자 벌떼처럼 달려들어 물어뜯지.내가 하고 싶은 말은 누가 대통령이 되느냐가 아니라 살아있는 권력만이 개혁할 수 있다는 것이지.

대통령이 아니더라도 살아있는 권력이라면 개혁을 할 수 있지.

**노무현** : 무슨 뜻이지?

대통령이 국민의 보편적인 합의를 통해도 개혁을 할 수 없다는 건가?

**박정희** : 이론상은 민주주의는 국민이 주인이니까 국민의 보편적 합의를 얻으면 어떤 개혁도 할 수 있지.

그러면 왜 자네는 국민 대다수가 검찰과 재벌개혁을 원하는데 왜 개혁을 못 했나?

**노무현** : 생각처럼 되지 않았지. 내 능력의 한계랄까….

**박정희** : 힘이 없이 보편적 합의로만 개혁하기는 힘들지.

자네도 해보지 않았나?

누군가 국민 대다수가 원하고 그것이 사회정의에 맞는다고 믿고 검찰이나 재벌개혁을 내걸었다고 치세. 먼저 개혁할 수 있는 법을 만들어야 해.

관련법을 국회에서 상정하려면 국회의원들이 상정해줘야 하지.

재벌과 검찰이 가만히 있겠나? 기를 쓰고 막으려 하겠지. 이들은 일단 언론 플레이를 하지.

대부분 언론은 재벌에게는 광고 때문에 눈치를 살펴야 하고 검찰에게는 경영상의 비리로 약점이 잡혀있지.

언론의 논지는 어떤 시각으로 보고 논리를 펼치냐에 따라 하늘과 땅만큼 차이가 나게 변하고 흑과 백을 바꿔 보이게 할 수도 있어,

검찰개혁과 재벌개혁의 부작용에 논지를 맞추고 논리를 펴 가면서 계속 국민에 알리면 국민은 자네처럼 모두 똑똑하고 통찰력이 있는 것이 아니거든.

이 말이 저 말 같고 저 말이 이 말 같고 나중에는 '에라 모르겠다 먹고살기도 바쁜데 그것까지 신경 쓰랴' 하며 관심에서 멀어져가지.

그러면 검찰출신 국회의원들이나 친재벌 국회의원들이 나서서 개혁에 적극 나서는 동료 국회의원들에게 접근해서 로비하기 시작하지.

그러면 벌써 절반은 떨어져 나가고 나머지는 검찰이 비리를 잡고 수사하면 대부분 손들고 손을 떼어버리지.

국회의원 자신이나 혹은 친인척이 후원자가 대부분 사업을 하거나 재산이 많이 있기 때문에 검찰이 털겠다고 잡고 늘어지면 무사할 사람은 별로 없지….

이렇게 시간이 지체되고 국민의 관심사에서 개혁이 멀어져가고 정쟁이 계속되면 국민은 개혁이란 말에 피로감을 느끼게 되지.

반대세력들은 이때가 오기를 기다리지.

이때가 오면 오히려 개혁세력이 그 대상인 재벌과 검찰에게 역풍을 맞고 먼저 죽게 되지.

이래서 힘이 없는 자가 주도하는 보편적 합의는 그 합의를 이끌어내기도 어렵고 이끌어내도 실행하기도 어렵지.

**노무현** : 시간이 걸리더라도 설득하여 국민의 마음을 움직이고 이해당사자들의 마음을 움직이고 싶었어.

**박정희** : 자네도 변화에 적응하지 못한 거지.

황금만능의 세상이고, 갈수록 심화하고 있지.

모든 분쟁과 범죄는 대부분 돈 때문에 일어나고 결국 검찰이 칼자루를 쥐고 해결하지.

돈이 없으면 모든 인간관계를 유지하기 어렵지.

우정도 의리도 사랑도 정상적인 가족 관계까지도….

이렇게 세상이 변해 가는데 이 변화에 적응하지 못한 거지.

열 번의 설득보다 한 번 준 돈이 더 큰 효과를 보는 세상이네.

이 특효약을 재벌과 소수의 기득권이 쥐고 있고 이들은 더 많은 특효약을 가지려고 분쟁을 일으키고 있네.

분쟁의 해결사 검찰은 이들에게 특효약을 받아먹고 요즘에는 검사가 약을 먹으니 덩달아서 판사들까지 약을 받아먹고 재벌과 기득권층의 손을 들어주지.

이러니 재벌과 기득권층은 갈수록 특효약을 많이 가지게 되고 분쟁에서 진 대다수는 이들이 준 독약을 먹고 감옥에 가거나 자살을 하거나 억울하다고 남대문에 불을 지르거나, 석궁으로 부패한 판사를 쏘거나, 죽게 되거나 빈곤층으로 전락하게 되지.

이렇게 해서 무전유죄 유전무죄가 되고 빈익빈 부익부 양극화는 심화되고 이런 악순환의 고리는 계속되고 있네.

**노무현** : 황금만능은 자네가 만들지 않았나?

**박정희** : 변화에는 순서가 있네.

계절도 봄여름을 거쳐 수확의 계절 가을이 오듯이….

일단 가난에서 벗어나고 그 다음 빵을 키운 다음 분배

를 해야 하는 게 올바른 변화의 순서였지.

내가 죽고 난 후 빵을 더 크게 키우지 않고 분배도 하지 않으면서 이미 만들어놓은 빵만 서로 많이 차지하겠다는 탐욕만 키웠지.

나는 국민에게 나눠 주려고 국고를 지원하여 빵 공장을 만들었네.

그러나 내가 죽고 나자 빵 공장 주인이 이 빵을 만들어 국민에게 나눠주지 않고 혼자서 독식해 버린 거지.

프랑켄슈타인 박사가 인류의 편의를 위해 인조인간을 만들었는데 결국 인조인간을 통제하지 못하자 인조인간이 인류를 해치는 것과 같은 이치지.

**노무현** : 자네가 생각하는 올바른 권력이란 무엇인가?

**박정희** : 옳은 일이고, 국민을 위해서 꼭 해야 할 일을 이해 당사자의 반대와 저항을 뚫고 하는 힘이지.

**노무현** : (공감한 듯 고개를 끄덕인다)

**박정희** : 현재 대한민국의 권력은 당근과 채찍이지.

당근은 돈이고 채찍은 수사권이야.

이 두 가지를 손에 넣어야 꼭 해야 할 일을 이해 당사자

들의 반대를 무릅쓰고 할 수 있는데, 현재 대통령은 이
두 가지를 모두 가자고 있지 않지.
당근은 재벌이 채찍은 검찰이 가지고 있는데 이를 통제
할 권력이 없지.
그러니 프랑켄슈타인 박사가 만든 괴물이 되어 버린 거지.


**노무현** : 맞는 말이네. 그래서 대한민국을 재벌과 검찰의 공화국
이라고 하지.


**박정희** : 처음으로 내 말에 동의하는군!


(모두 술잔을 비우며 웃는다)


**노무현** : 재벌과 검찰공화국을 어떻게 개혁을 해야 한단 말인가.


**박정희** : 그보다 더 강한 권력이지!


**노무현** : 도대체 그보다 더 강한 권력이 어디에 있고 어떻게 가질
수 있다는 것인가?


**박정희** : 그건 살아있는 사람이 찾아야지, 우리처럼 이미 죽은 사
람은 찾을 수 없지.

**노무현** : 혹시, 혁명!

대답하지 않고 박정희는 멀리 펼쳐지는 우주의 종말을 보고 있다. 옛날 이들이 살고 있던 우주는 원래 한 덩어리였던 게 폭발하여 현재도 계속 팽창하고 있다. 그런데 또 다른 우주가 팽창을 멈추고 계속 수축하더니 이제는 다시 한 덩어리로 되어버렸다.

노무현은 장엄한 광경에 할 말을 잊은 채, 또 다른 우주의 종말을 지켜보았다.

**노무현** : 엄청난 권력을 가진 자네는 왜 죽었나?

**박정희** : 나의 몰락은 예견된 것이었네.

독재가 너무 길었기 때문이지.

어느 순간에 멈춰야 하는데, 멈추지 못했어.

변화에 대한 열망을 읽지 못했지.

특히 그때 그와의 약속 때문에 그 약속을 지키기 위해 절제하지 못했지.

또 다른 우주가 한 덩어리에서 폭발하여 분열하며 팽창하기 시작한다….

다시 또 하나의 우주의 탄생을 지켜보고 있다.

이들이 역 카페에서 본 우주는 이렇듯 죽음과 탄생을 계속 반복하고 있었다.

다시 대화에 집중하는 네 사람.

**노무현** : 그와의 약속이란 누구와 어떤 약속을 했단 말인가?

**김일성** : (무겁게 입을 뗀다) 나와의 약속이네.

(노무현은 놀라고 김일성은 이제 말을 해야 할 때라고 판단한 듯)

**노무현** : 무슨 약속?

**박정희** : 통일!

**노무현** : (뜻밖이다) 뭐, 통일?
(귀를 의심한다)
자네 같은 사람이 통일에 관심이 있었나?

**박정희** : 나의 최종 목표는 민족 통일이었지.

(노무현은 놀라 들고 있는 술잔을 떨어뜨린다)

**김일성** : 나와 박정희는 서로 싸우면서도 비밀리에 계속 통일을
논의했었네.

(노무현의 놀라움은 갈수록 태산이다)

**노무현** : 설마! 거짓말이지? 그랬으면 왜 국민이 몰랐지?

**김일성** : 나와 박정희는 뛰어난 연기자들이었으니까….

김일성과 박정희가 전에 했던 말이 떠오른다.
"우리는 뛰어난 연기자였다."
그 말이 그때는 무슨 뜻인지 몰라 몹시 궁금했는데 이제야 알려
주는 것이다…. 노무현은 탄성을 지르며 아직도 잘 못 믿겠다는
듯….

**노무현** : 연기라…. 왜 연기를 했지?

**박정희** : 우리의 생각을 국민이 이해하지 못하니까.

**김일성** : 우리가 그때 평화통일을 하겠다고 공표했으면 그때 둘
다 죽었지.

**노무현** : 막강한 권력을 가진 자네들을 누가 죽일 수 있단 말인
가?

**박정희** : 통일을 원치 않은 세력들이지.

**김일성** : 특히 주변 강대국들이지 미국, 소련, 중국, 일본 그리고 남·북한 기득권층.

**박정희** : 이들 강대국과 기득권층들이 마음만 먹으면 쉽게 우리를 제거할 수 있었지.

김재규가 나에게 총을 쏠 수 있는 것도 어떻게 보면 미국이 나를 죽이면 자신을 지지해 줄 거란 착각이었지.

그가 판단할 때는 나는 부마사태 등 학생과 노동자들의 계속되는 시위 탓에 미국의 지지를 잃었다고 판단했네.

자기가 나를 죽이면 미국이 자신을 지지하고 자신은 친미정권을 세워 정권을 잡을 수 있다고 오판을 한 것이지.

그가 사형을 선고받고도 자꾸 수사관들에게 "미국에서 무슨 소식 없었느냐?"고 물어본 것도 그는 끝까지 미국이 자신을 구해 줄줄 알았던 거지.

미국은 이처럼 내가 자신들의 말을 잘 듣도록 길들이기 위해 은근히 다른 사람들도 마치 정권을 잡을 수 있도록 지원할 수 있는 것처럼 착각하게 부추겼지.

대한민국의 정보책임자가 그 정도로 착각할 정도면 군부나 기득권층은 얼마나 미국의 눈치를 봤겠나.

**김일성** : 북조선도 사정은 마찬가지지.

군부와 기득권층은 나는 소련파다 나는 중국파다 하여
소련과 중국의 눈치를 보며 두 나라 실세들에게 줄을 대
로 있었지.

만약 중국과 소련이 나를 싫어한다는 것을 알면 나도 박
정희처럼 부하의 총에 맞아 죽고, 나를 죽인 부하는 친
소련과 중국을 표방하는 정권을 다시 세웠을 것이네.

이들이 눈치만 보여도 내가 위험한데 이들이 나를 제거
하고 친소련이나 중국 정권을 세우려고 공작을 하면 나
는 어렵지 않게 제거되지….


**박정희** : 우리는 이들 강대국에 들키지 않기 위해 비밀리에 서로
사람을 보내 통일을 논의했었지.


**노무현** : 나도 주변 강대국들과 남북한 기득권층이 통일을 반대
한다는 것은 잘 알고 있었네.

그 반대를 무릅쓰고 몰래 통일을 논의했었다니….

(그러나 노무현은 아직 이해되지 않은 표정으로 묻는다)


**노무현** : 그렇다면 왜 서로 비무장지대에서 총격전을 벌였으며 무
장공비들을 보내 인명을 살상했나?

**김일성** : 비밀을 지키기 위해 어느 정도 희생은 감수해야 했네.

그리고 그때는 서로 통일논의를 시작할 때가 아니었네.

두 정권이 어수선할 때라 확고한 자리를 잡지 못했고 그
냥 강경파들이 하는 대로 보고 있을 수밖에 없었지.

어쩌면 부작용이 많았지만, 그것 때문에 중국과 소련의
믿음을 얻고 나중에 통일 논의를 할 때 의심을 피할 수
가 있었지.


**박정희** : 내가 통일에 관심을 갖고 본격적인 통일 논의를 하기 위
해 일성이에게 사람을 보낼 때가 아마 경제개발이 어느
정도 궤도에 오른 70년도였어.


**김일성** : (박정희를 보며) 나는 그때까지 자네가 통일을 원하는지
몰랐지.

의외였지만 반가웠어.

우리는 계속 서로 사람을 보내서 논의를 계속했었지.

**박정희** : 내가 보낸 사람들에게 자네가 어떤 사람이냐고 물으면
모두 아무 말도 않고 내 눈치만 살피고 있더라고….

그래서 자네가 내가 보낸 사람을 푹 구워삶았구나! 했
지.


(모두 웃는다)

이들의 진심을 듣고 싶어서 편한 술자리를 마련하고 이
들이 술이 건아해지자 자연스럽게 물었지. 김일성이 어
떤 사람이냐고….
어렵게 한 명이 입을 열어 하는 말이 "그릇이 큰 사람이
에요" 하자 연달아 자네 칭찬을 하더라고.
그래서 이놈들 사상이 의심스럽다고 뒷조사를 시켰는
데, 괜한 짓이었지.
괜히 자네에게 질투가 나더라고….


(모두 웃는다)


**김일성** : (편안하게 박정희를 보며) 칭찬도 할 줄 알고….
자네도 죽어서 역 카페에 오니 여유 있고 부드러워졌어!
박정희와 나는 비밀리에 직통전화를 개설하고 서로 통
일을 논의했네.
주변 강대국들의 반대를 무릅쓰고 평화통일을 위해서
는 먼저 힘이 있어야 한다고 생각했지….


**박정희** : 우리는 통일을 위한 힘은 핵 보유라고 의견일치를 보고
본격적인 핵 개발을 시작했지.


**노무현** : 그 이후에도 군사적인 충돌이 있었는데?

**김일성** : 우리는 철저히 비밀에 부쳤고 연기를 잘했지.

일선 지휘관들은 우리의 뜻을 모르고 있었기에 소규모 충돌이 있었지만, 그 이전에 비해 군사적 충돌이 눈에 띄게 줄어들었어.


**박정희** : 통일의 첫 단계로 우리는 서로 지금의 상대 체제를 그대로 존중하고 유지하면서 서로 자유롭게 왕래하고 교역하고 거주할 수 있는 것을 골자로 통일을 추진하였고, 두 번째 단계는 그 상황에 가서 국민 정서를 보고 다시 정하기로 했네.

그리고 서서히 민간인들의 교류를 시작하기 위해 남북 적십자회담의 남북 이산가족 찾기, 7·4 남북공동선언 등을 추진했지.

그런데 어느 순간 일본이 우리의 통일 움직임과 핵 개발 움직임을 제일 먼저 눈치챘어.

일본은 큰 위기감을 느꼈지.

일본은 경제외교를 펼치며 미국에 중단시켜 달라고 요청했어.

미국은 소련과 중국에 공동대응하자고 요청했고 이들은 우리의 핵 보유와 평화통일을 막기 위해 공동대응에 나섰지.

우리는 남북한 기득권세력의 반발과 국론분열을 막기

위해 통일 약속은 숨겼지만, 자주국방과 핵개발은 떳떳하게 추진하기로 했지.

그러자 이들은 남북의 기득권세력을 부추겨 우리끼리 싸우도록 이간책을 쓰기 시작했어.

이런 부추김이 김재규의 무모한 행동으로 나타났지.

이들 강대국이 상상하는 가장 무서운 시나리오는 남·북한이 핵을 보유하고 평화통일을 하는 것이었어.

이러면 핵을 보유하고 잘 훈련된 남·북한 군대는 일본의 군사력을 능가했고 일본을 위협할 가장 무서운 대상이었지.

일본은 건국 이후 최대 위기를 맞이한다고 판단했어.

미국과 소련, 중국도 동북아에서 자신들의 입지와 영향력이 줄어들고 핵을 보유한 남북통일은 자신들과 동등한 군사강대국의 출현으로 여기고 심지어 자신들에게까지 큰 위협이 된다고 판단했지.

또한, 그동안 이들 강대국 중 미국은 남한에, 소련은 북한에 무기를 팔아먹었어. 우리는 한마디로 그들의 봉이었지.

이들은 신무기 개발을 마치면 구형무기를 마치 인심 쓰면서 파는 것처럼 우리에게 폭리를 취하며 비싼 가격에 팔아먹었지.

우리가 막대한 국가 예산을 편성하여 무기를 구매하고

일선에 배치를 마치면 지네들은 이미 개발을 마친 신무
기를 선보이며 배치했어.

우리가 비싼 가격에 구매한 무기는 이미 구형무기가 되
어 이들 신무기 앞에서는 무용지물이 되었지. 이 같은
과정을 계속해서 반복해야 만했어.

내가 자주국방을 내걸고 중화학 공업을 중점적으로 육
성하고 핵 개발을 서둘렀던 것은 우리 민족끼리 싸우기
위해서가 아니라 이들 강대국의 손아귀에서 벗어나 평
화통일을 하기 위해서였어.

**노무현** : 핵무기를 보유한다는 것은 세계평화를 위협하는 잘못
된 발상 아닌가?

**박정희** : 핵에 대한 내 생각은, 핵을 가지지 않으려면 강대국들도
똑같이 핵을 폐기하고, 그렇지 않으면 각국의 자율에 맡
겨야 한다는 것이지. 자신들은 이미 가지고 타국을 위협
하고 이익을 챙기면서 타국은 못 갖게 한다는 것은 잘
못된 것이지.

내가 가지면 안전하고 남이 가지면 위험하다.

이런 논리는 공평하지 못하지.

**김일성** : 남북통일은 박정희가 남한 정권을 잡고 있을 때 가능하

다고 생각했었어.

그에게는 힘이 있었거든.

통일할 수 있는 힘 말이야.

어느 시점이 오면 박정희에게는 통일 반대세력의 저항을 돌파하며 저돌적으로 밀어붙일 힘이 있었지.

남북한이 거의 핵 개발에 성공하고 나도 반대세력을 통제하는 힘이 생겼고, 박정희도 경제개발과 자주국방을 성공적으로 이끌며 통일을 할 수 있는 그 시점이 다가왔을 때 박정희가 죽고 말았어.

그때 앞으로 한반도의 통일은 힘들겠구나! 생각했어.


**박정희** : 난 변화에는 순서가 있다고 생각했어,

가난에서 벗어나고 빵을 키우고 빵을 나누자 그리고 민족 통일….

그런데 변화는 인간이 마음대로 하는 게 아니더라고.

(아래로 내려다보이는 우주의 탄생과 팽창 수축 죽음의 반복 은하와 별들의 움직임을 보며)

저 우주의 질서 정연한 움직임과 변화를 보게. 우리가 꿈꿨던 변화는 모두 저 질서정연한 우주의 변화로 인해 발생하는 미세한 변화에 불과하지, 모든 존재는 하나로 연결되어있고 원인과 결과로 이어지는 연쇄적인 변화를 어찌 인간이 마음대로 바꾼단 말인가.

# 水 (겨울)

# 金 生 水 生 木

（금 생 수 생 목）

역 카페 위에는 비처럼 별이 쏟아지다 하얀색 함박눈으로 변한다. 또 하나의 우주가 팽창을 마치고 다시 수축하며 한 곳을 향해 쏟아지고 있다. 마치 금이 서서히 물러지며 돌로 변하고 다시 진흙으로 변하고 다시 물로 변해 새로운 목적지를 향해 흘러가듯 파란별이 빨간별로, 빨간별이 금빛별로, 금빛별이 검은별로, 검은별이 다시 하얀색으로 변해가며 별들이 쏟아진다.

이 우주는 수축하여 죽음을 맞이하고 있다.

그러나 수축이 극에 달해 한 덩이로 변화면 다시 폭발하여 새로운 우주가 태어난다. 우리의 변화도 죽음이 끝이 아니라 죽음은 또 다른 시작일 뿐이다.


**노무현** : (두 사람에게) 지금 한반도에는 어떤 변화가 왔고 어떻게 적응해야 하는가?


**박정희** : 남북한이 서로 반대로 변해야 하지.


**김일성** : 북조선은 개방하여 자본주의 시장경제를 받아들여야 하네.


**박정희** : 반대로 대한민국은 사회주의 분배와 복지를 받아 들여야 하지.

복지는 스웨덴 핀란드 등 북 유럽식 복지를 말하는 거네.

**김일성** : 내가 만들고 싶었던 사회주의를 북유럽이나 호주 뉴질
랜드등에서 먼저 만들어 버렸어.


**노무현** : 자본주의와 사회주의 중 무엇이 옳은 것인가?


**박정희** : 영원히 옳은 것도 영원히 그른 것도 없네. 변화하는 상
황만 있을 뿐….
단지 현재 변화의 바람은 그렇게 불고 있고 그 변화에 빨
리 적응하지 못하면 나처럼 죽음을 맞이하는 것이지.


**노무현** : 자네의 잘못을 인정하니 쿨 하군.
(모두 웃는다. 노무현이 김일성을 보며)
북한은 너무 폐쇄적이고 인민들을 억압하지 않나?


**김일성** : 북조선도 많은 문제를 안고 있네.
그렇지만 인민들을 억압하지는 않지.
인류의 역사상 인민의 억압은 곧 폭발을 의미하지.
북조선 사회주의 정권이 인민을 억압했고 그 억압으로
대부분의 인민이 고통 받았다면 이미 스스로 무너졌지.
민심은 천심인데 지금까지 유지 할 수 있었겠나.
북조선 인민들은 우리식의 사회주의를 선택했고 지금도
많은 부작용이 있지만, 문제를 수정해서 유지하기를 원

하고 있네.

하지만 앞으로 인민이 북조선식 사회주의를 버리고 또 다른 제도를 원한다면 북조선은 자연스럽게 그쪽으로 변할 걸세.

만약 변화의 바람이 부는 데 그에 적응하지 못하면 그 누구도 그 어떤 체제도 종말을 맞이하게 되어있으니 말일세.


**노무현** : 하지만 당장 탈북자 문제와 식량부족으로 굶어 죽은 사람이 있는 걸 보면 곧 붕괴 될 것처럼 보이는데 너무 여유 부리는 건 아닌가?


**김일성** : 남조선의 언론에서 그렇게 보도하고 있고 또 일부 과장 되기는 했지만 사실이네.

하지만 이는 일어나고 있고 앞으로도 일어날 수 있는 북 조선의 일부 그늘진 모습이지만 북조선 사회의 전반적인 모습은 아니지.

입장을 바꿔놓고 생각해보세.

남조선이 경제성장으로 풍족하지만 지금도 어느 한구석 그늘진 곳에서는 밥을 굶은 사람이 있네.

남조선의 용산 철거민 사태 때 철거민들이 용역들의 무 자비한 폭력에 정든 집에서 쫓겨나고, 농성하다 경찰의

진압으로 불에 타 죽은 장면을 북조선 언론을 통해 반복
적으로 내보내면 북조선 인민들은 어떻게 생각하겠나?

남조선경찰은 집 없는 가난한 인민을 불에 태워죽이고
남조선사회는 가난한 사람이 살 수 없는 생지옥으로 볼
수도 있네.

그러나 이것이 남조선의 모순된 일부 문제지, 남조선사
회의 전반적인 모습은 아니지 않나.

분명 남조선이 북조선보다 물질적으로 훨씬 풍요롭게 사
는 것은 사실이네.

나는 박정희가 이룩해 놓은 경제성장을 보면 인민들의
동요를 막기 위해 겉으로는 비난하고 폄하했지만 속으
로는 부럽고 대견하게 생각했고, 어떨 때는 박정희의 생
각이 옳았구나 생각하네.

내가 빨리 자본주의 시장경제를 받아들이지 못한 것을
후회했네.

먼저 나눌 빵을 만들고 그 다음 키우고 분배를 해야 했
는데, 나눌 빵도 없는데 분배만 생각했어.

어떻게 보면 나도 시대의 변화를 빨리 읽지도 못했고 적
응하지 못했어.

**노무현** : (김일성에게) 자네가 살아있을 때, 북한 사람들이 자네에
게 수령이란 말을 자주 썼는데 상당히 거부감을 많이

느꼈지. 마치 무슨 범죄단체 두목처럼 말이야.

(모두 웃는다.)

**김일성** : 문화의 차이지. 자네들이 이해할 수 없는 여러 의미가
담겨 있지만 간단하게 인민의 존경을 받은 지도자 또는
인격과 능력을 겸비한 지도자 뭐 이 정도지.

**노무현** : 구 소련연방이나 동유럽 쪽의 사회주의는 왜 멸망했다
고 생각하나?

**김일성** : 수령이 있느냐 없느냐의 차이지.

**노무현** : ….

**김일성** : 뭐랄까 수령이 있는 사회주의 국가는 관료가 부패하지
않았고 반대로 수령이 없는 곳에서는 관료의 부패가 심
했지. 인민들이 가장살기 힘들 때는 독재 등 보통 인민
들이 나쁘다는 선입견을 가지고 있는 정치제도가 아니
고, 이 제도들이 잘못 운용됐을 때 필연적으로 나타나
는 관료의 부패라네.

보통 독재자들은 자신의 독재라는 약점을 보완하기 위해 개혁과 관료 및 사회 부패척결을 내걸지. 이들은 인민들의 지지를 얻기 위해 인민들을 가장 힘들게 하는 관료 부패척결을 위해 막강한 권력을 휘두르며 노력하게 되네. 독재자들은 자신은 독재라는 구린 데가 있으면서도 속된말로 관료들이 해먹은 꼴은 못 보거든.

(모두 웃는다)

이런 독재자가 살아남을 수 있는 길은 인민의 지지뿐이니까 말일세.

인민의 지지를 얻기 위한 이 같은 노력이 순작용으로 나타날 경우 개혁과 관료 및 사회부패척결에 성공한 독재자가 탄생하기도 하지.

통치자는 인민들과 매일 가까이서 접촉할 수 없네.

따라서 인민들이 매일 부딪치고 직접피부로 느끼는 고통은 관료 및 사회부패네.

관료가 부패하지 않으면 사회부패도 생기기 힘들지. 따라서 관료부패척결이 가장 중요하네.

인민들의 존경과 지지를 받은 수령이 있는 사회주의 국가는 관료 및 사회부패를 통제할 수 있는 힘을 가지고 있었지.

반대로 수령이 없는 곳에서는 지도자가 인민의 지지를
받지 못하니까 관료들에게 질질 끌려 다녔고 관료들의
비리를 척결할 수도 없었던 거지.
관료가 부패하면 어떤 국가 어떤 제도에서도 이미 멸망
의 악순환 고리에 접어든 거지.


**노무현** : (박정희에게) 자네가 독재를 했을 때는 관료의 부패가 없
었나?


**박정희** : 사람이 사는 사회에서는 부패는 어느 정도 있기 마련이
지. 다만 그 정도가 어느 정도냐가 문제네.
내가 혁명에 성공하고 첫 번째 착수한 과제가 부패 척결
이었고 그 다음 경제개발이었지.
집권초기에는 그 동안 만연된 부패를 과감히 척결했고
그 결과 고위공직자들의 부패는 척결됐지만, 자유당 시
절부터 만연된 하위 공직자의 부패는 하루아침에 근절
되지 않았어.
당시 하위 공직자들의 부패 수준은 예를 들어 교통순경
이 교통법규 위반을 적발하여 천원을 받았는데 민원인
이 오백 원만 깎아 달라고 하면 오백 원의 거스름돈을
내주는 뭐랄까 좀 인간적인 부패였지.
당시 하위공직자들의 봉급이 기초적인 생활만 보장됐지

일반 기업체에 비해 상당히 적었으니까 단속반들이 알면서도 정도에 따라 심하지 않으면 눈감아줬어.

그러나 고위공직자들의 비리는 가차 없이 척결했지.

그래서 검사나 판사 등 고위 공직자들이 비리를 저지를 엄두를 못 냈어.

그러나 현재는 고위공직자들의 부패가 극에 달하고 있네. 현재 대한민국의 부패 수위를 알아볼 수 있는 곳은 주말의 명문 골프장과 유명 술집이야.

주말 명문 골프장은 상당부분 검 판사 등 고위공직자접대로 인해 예약이 한 달 전부터 차 있고 손꼽히는 고급 술집도 마찬가지네.

이들이 접대를 받으면 업무상 누군가의 편의를 봐줘야 되고 그러면 공정한 공무를 집행할 수 없게 되어 억울한 사람이 그만큼 발생하게 되어있지.

이들도 인간인지라 접대도 받고 싶고 돈을 주면 받고 싶겠지. 그러나 국민의 눈이 무서워서 또는 돈을 받으면 처벌을 받아야 하는데 그런 시스템이 갖춰지지 않은 게 문제지.

이들의 비리를 알고 신고를 하고 고소를 해봐야 결국 비리검사의 옆방 동료검사가 이를 수사를 하고 종결하거나 비리판사의 동료판사가 판결하고 종결해야 하니 제대로 단속하고 처벌할 수 없는 것이지.

이런 폐단을 알았기 때문에 나는 고위공직자의 비리에 대해서는 초법적인 처방을 내렸어.

중정이나 보안대 또는 내가 직접 보낸 암행단속반 등 중복해서 여러 기관들이 서로 견제하며 자신들의 비리와 고위 공직자들의 비리를 감시하게 하고 비리를 적발하면 즉시 처벌을 내렸어.

고양이가 생선을 먹고 싶지만 주인이 무서워서 못 먹는 시스템이 되어야 하는데, 현재의 문제는 감시하는 주인이 없으니 먹고 싶을 때 먹어도 탈이 없다는 것이지.

법치국가에서 법 집행의 마지막 보루가 검사 판사인데 이들이 부패하면 법치주의는 무너지고 국민들의 고통은 극에 달하지.

그러나 자네가 추진한 고위공직자 비리 수사처나 그 어떤 견제 기관도 이를 통제할 수 있는 살아있는 권력이 없는 한 그들도 역시 검찰의 비리를 답습하고 반복하니 의미가 없는 것이네.

**노무현** : (한숨을 쉬며) 나도 대통령시절 알면서도 나의 무능으로 인해 고위공직자들의 부패를 척결할 수 없어서 그들에게 질질 끌려 다니다….

결국 이들의 부패를 키워줬었네.

부끄럽고 민망하여 고개를 들 수가 없네.

그러나 자네가 이처럼 부패를 척결하고 경제도 어느 정
도 살렸으면 그만둬야지 왜 유신은 했었나?


**박정희** : 이제 나를 좀 칭찬하나 했더니 결국 또 쏘아대는 구만!
(모두 웃는다.)

내가 유신을 하며 정권을 계속 유지하고 싶었던 것은 가
난에서 벗어나고, 빵은 만들었는데 분배와 통일을 못 해
서였네.

그런데 지금 생각해보니 너무 큰 빵을 원했던 거고 너무
완전한 통일을 원했던 거지.

야구로 치면 9회 말에 점수를 내고 끝내야 했는데.

완전한 기회가 안 오니까, 연장전으로 끌고 간 거지.

희생 번트나 희생플라이로 점수를 낼 수 있었는데도 말
일세.

정상적인 기회를 기다려 점수를 내서 이기려다 결국 점
수도 못 내고 계속 게임은 길어지며 지루해지자 관중의
관심은 축구로 옮겨갔지. 게임에 몰두하다 보니 관중은
이미 축구에 빼앗기고 관중이 떠나자 마음은 더욱 초조
해지고 무리수를 두다 결국 패배로 이어졌지.

나에 대한 절제와 희생이 없었지.

유신하기 전에 모든 걸 끝냈어야 했어.

큰 빵은 아니었지만 나눌 만큼의 크기는 됐었고, 완전하

지는 않지만 부작용이 동반된 통일도 할 수 있었는데 완전한 기회를 기다리고 있었지.

국민은 기다려주지 않은데 말이야.

변화의 바람이 불고 있었는데 나는 그에 대처하고 적응하지 못한 거지.

**노무현** : 변화의 바람이라…. 민주화의 바람?

**박정희** : 그렇지, 민주화의 바람.

독재가 길어지니 국민은 독재가 무조건 지겨워진 거지.

독재도 분명 장점은 있는데 장점은 보이지 않고 단점만 보이기 시작한 거야. 우리가 식탁에 아무리 맛있는 반찬이라도 매일 나오면 질리듯이 국민은 독재에 질린 거지.

그래서 변화를 원했고 민주화가 왔어.

그리고 내가 죽고 30년 가까이 흐르자 또다시 변화의 바람이 불고 있어.

더는 성장과 분배를 이룰 힘이 없고, 재벌과 검찰 등 관료의 부패와 기득권세력을 개혁할 힘도 민족통일의 미래도 없는, 입만 살아서 국민을 위한다는 말만 남발하는 무능한 민주세력이 지겨워진 거지.

**노무현** : 그렇다고 국민이 다시 독재를 그리워한단 말인가.

**박정희** : 국민은 개혁할 힘을 원하지.

그게 무엇이 될지는 모르겠네.

혁명이 될 수도 있고 이전과 다른 형태의 독재가 될 수도 있고….

자네는 독재와 민주주의 어느 것이 좋은 것 같나?

**노무현** : 당연히 민주주의지. 자네는 지금도 독재가 좋나?

**박정희** : 시대의 변화에 따라 다르지.

내가 혁명을 하고 개발 독재를 했을 때는 그것이 그 상황에 맞았고, 너무 오래 지속되자 다시 개인과 자유를 중요시하는 환경으로 변한 거지.

그래서 독재를 배척한 세력이 집권한 것이 맞았네.

또 이들이 너무 오래 집권하면서 추진했던 민주화도 도덕성도 곁에서 보기에는 우아한 백조였는데 안을 들여다보니 똑같이 부패해 있었고 또 개혁도 성장도 할 수 없는 무능함이 국민을 지겹게 만들었지.

이런 부작용이 커지자 다시 시대는 변화를 열망하고 있지. 그리고 누군가를 그리워하고 있지.

**노무현** : 자네 같은 힘 있는 지도자?

**박정희** : 독재자.

나 같은 사람이 아니라 나 같은 힘과 자네 같은 따뜻한 인격을 가진 독재자!


**노무현** : 자네는 시대착오적인 생각을 하고 있네.

지금은 각 분야가 전문화하고 각 분야의 전문가들이 공동으로 국가를 운영해도 충분하다고 생각하네.

국민은 작은 정부를 원하지만 지도자 중심의 독재를 원하지 않아.

그리고 현시대는 그 누구도 개인의 자유를 억압할 수 없네.


**박정희** : 자네 말도 틀린 것은 아니지만, 그렇다고 답이 될 수 없네. 사슴을 쫓는 자는 숲을 보지 못한다는 말이 있듯이, 가끔 멀리 높게 내려다볼 필요가 있네.

먼저 과거를 보면 현재 어떤 정치가 필요한지 미래는 어떻게 변할 줄 알게 되네. 자네가 알고 싶은 대한민국은 미래가 어떻게 될지 무척 궁금하지?


**노무현** : 그래 무척 궁금하지.

나는 미래가 어떻게 될지 알고 불행한 미래라면 미리 바꾸고 싶어.

과거로 돌아가서 이미 현재 일어난 일은 못 바꾸더라도

아직 일어나지 않은 미래는 바꿀 수 있다고 생각하네.


**박정희** : 여기 역 카페에서도 노력 없이 알려고 하면 알 수 없다
네. 자네가 나를 이해하기 위해 벙어리와 불구로 변해
나를 알기 위해 노력했듯이 미래도 마찬가지지.
한번은 남을 이해하는 과정과 방법을 가르쳐 주기 위해
서 자연스럽게 변했지만, 이제부터는 자네 자유의지로
뭐든 시도해야 하네.


**노무현** : 무슨 뜻인 줄 알겠네.


**박정희** : 여기서는 미래를 알려면 일단 과거를 정확히 배우고 알
려는 노력이 선행되어야 하지.
그리고 그 노력 여하에 따라서 얼마나 과거를 정확히 알
았느냐에 따라서 미래가 보인다네.
일단 다시 한 번 지금까지 인류가 어떻게 살아왔는가를
되돌아보고 현재와 미래를 볼 필요가 있네.
왜냐하면 역사는 반복되기 때문이네.
내가 아는 역사와 자네가 아는 역사는 다를 거네.
역사는 보는 사람의 관점에 따라 다를 수도 있으니까.


**노무현** : 일단 독재와 민주정치가 어떤 것이며 앞으로 대한민국은

독재가 필요한지 민주가 필요한지 아니면 또 다른 새로운 제도가 필요한지로 초점을 맞추세.


**박정희** : 좋아, 일단 내가 생각하는 민주와 독재의 역사를 말해보겠네.

그다음 자네가 과거로 직접 역사 여행을 떠나 보게나.


**노무현** : 좋네.


**박정희** : 인류가 수백만 년 동안 원숭이와 비슷한 원시시대를 살아오다 불과 철을 다룰 수 있으면서 문명시대로 접어들었지. 그리고 인류가 국가를 만들고 정치를 시작한 것은 불과 삼천 년이 조금 넘을 때부터였지.

그리고 현대와 비슷한 민주주의를 시작한 것은 약 1,500년이 지속된 그리스 로마 시대부터였네.

자네와 나의 대화 중 상당 부분이 민주주의와 독재네.

따라서 이들 용어가 나온 것도 이들 정치제도가 처음 시작한 곳도 꽃을 피운 곳도 그리스 로마 시대니 어쩌면 이곳이 종착지이기도 하네.

그럼 그곳으로 한번 시간을 거슬러 올라가는 여행을 떠나서 다시 서서히 현재로 돌아오세.

내가 알고 있는 고대인의 사회구도는 제일 위에 왕이 있고 그 밑에 귀족, 그 밑에는 농민과 노예가 있는 식의 약육강식을 기본으로 하는 구조였네.

이런 점에서 고대인들은 지금 현대인들보다 미개하다고 나는 생각했네.

하지만 고대인들은 미개하지 않았지!

그리스의 헬레니즘 문화는 지구에서 일어나는 모든 현상에 대해 "왜?"라는 근본적인 질문을 던지는 것에서 시작했어. 즉 신보다는 인간을 더 중시하게 되는 시기였지. 이때 인간의 인권에 관한 관심으로 이어졌고 사람이 살아야 하는 이유, 개인의 자유, 민주주의 등 지금 현대인들이 고민하고 있는 문제들을 고대에서도 똑같이 하고 있었네.

어찌 보면 현대인들이 잘못된 종교관을 가지고 서방의 일부 기독교인들과 중동지역의 일부 이슬람교도들이 전쟁과 테러로 수많은 인명을 살상하는 잘못을 그들은 저지르지 않은 걸 보면 이런 면에서는 오히려 현대인들보다 더욱 깨어있었던 점도 있었지.

그리스는 철학 문학 수학 정치 분야에 소크라테스, 아리스토텔레스, 플라톤, 피타고라스, 아르키메데스 등과 현대의 민주정치에서 볼 수 있는 여러 제도를 실험하며 각 분야의 뛰어난 전문가를 배출했지.

그러나 철학 인권이나 민주주의 개인의 자유 등을 고민

하는 동안 현실적인 문제들을 등한시했고, 군사력과 지도자의 통치력이 약해지자 타국의 침략에 아무런 방어대책 없이 자유와 인권만 부르짖다가 속국이 되어 버리고 말지. 로마 역시 그리스문화에 심취했었지만, 그리스의 이상에 현실적인 대안을 접목해서 꾸려나갔어.

로마는 B.C 약 753년에 세워져 서로마제국의 멸망까지(A.D 476년) 1,200년 이상 지속했고 동로마멸망(A.D 1453년)까지 약 2,200년을 지속했지.

신성로마까지는(A.D 1,806년) 2,400년 이상 지속했지만, 신성로마를 빼더라도 어찌 보면 그리스 로마는 인류가 국가를 세우고 정치를 시작한 후 현대까지 오는 동한 거의 70% 이상의 시간을 차지하며 여러 정치제도를 실험했지.

어찌 보면 그리스와 로마의 정치제도 실험과 변천사를 보면 현대의 정치사와 비슷하고 오히려 더 배울 점도 많네.

역사는 진보하는 것이 아니라 반복된다는 말에 동의하나?


**노무현** : 물론 동의하지.

역사가 계속 진보한다면 왜 중세시대에 인류의 삶이 그리고 여러 분야에서 오히려 그리스 로마 시대 때보다 퇴보했겠나?

그리고 시간이 많이 지났으니 현대인이 고대인보다 더

행복해져야 하는데 그러지 못하고 있으니, 시간이 지난
다고 물질문명이 발달한다고 삶의 질과 정치제도 등 모
든 것이 진보한다고 볼 수 없지.
그리고 역사는 반복되니 우리가 역사를 배우고 연구하
는 것 아닌가.

**박정희** : 원래 민주주의는 고대 그리스 도시국가에서 발생하여
인민이 직접 참여하여 지도자를 뽑고 중요정책을 결정
하며 꽃을 피우다 이후 버려진 이데올로기였지.

**노무현** : 그렇지. 이후 이것저것 해보다 다시 민주주의를 채택한
거지.

**박정희** : 다시 민주주의를 채택한 시기가 고대 그리스가 멸망한
후 무려 2,200년이 지난 1,830년 프랑스 7월 혁명 이후
에 다시 거론되기 시작했다는 거지.
인민이 주인인 민주제도가 그렇게 좋은 제도였다면 왜
2,200년 이상이나 버려진 이데올로기가 됐고 관심을 가
지지 않았겠나?

**노무현** : 그건 인민이 정치와 주권의 주인이 될 만한 여건이 안
되었기 때문이지.

**박정희** : 그럼 그리스 도시국가에서는 처음부터 인민이 정치와
주권의 주인이 된 것은 아니었지.
인민이 그것이 필요하고 원했기 때문에 인민의 힘으로
이룩해 낸 것이지.

**노무현** : 그건 그렇지.

**박정희** : 로마는 초기 왕이 전권을 가지고 다스리는 왕국이었는
데, 기원전 510년에 특정인에게 권력이 집중되는 독재만
은 막아보자는 세력(파트리키우스)에 의해 군주제는 타
도되고 공화정을 수립했지.
이후 그리스가 멸망하자 로마에서는 그리스의 민주정치
와 군주제의 독재의 장점을 접목해 집정관이란 제도를
만들었어.

**노무현** : 그렇지.
오늘날 독재라는 말은 그때 집정관의 집정정치(dictator)
에서 나온 말이지, 로마에서는 내란 또는 전시 등의 비
상사태가 발생하면, 원로원이 요청하고 민회의 승인을
거쳐 한시적으로 처음에는 6개월, 그 이후 1년, 그 이후
1년 연임제로 평시의 법을 초월한 독재권을 행사했지.

**박정희** : 점차 기한을 연장한 것은 그만큼 효과가 좋았기에 로마
인들은 임기를 계속 연장하기를 원했지.

로마는 집정관의 한시적 독재권 행사로 원래 로마보다
20배가 넘은 영토를 정복하고 지배하게 되지.

그런데 로마의 영웅 율리우스 카이사르가(시저) 갈리아
를 정복한 뒤 루비콘 강을 건너면서 로마는 급변하기 시
작하지. 그는 집정관의 1년 연임제를 폐지하고 결국 영
구 종신 독재관에 오르며 로마의 개혁에 나서지, 그러면
서 로마 양극화의 원인이며 크루소 형제가 추진하다 실
패하고 살해당한 농지법개혁을 성공시키지.


**노무현** : 나도 크루소 형제를 좋아했고 로마의 노블리스 오블리
제를 부러워했어.

재벌개혁이나 고통분담의 정책을 추진하고 싶었을 때,
그에 관한 연구를 많이 했네.

농지법은 당시 자영농, 현대 중산층의 붕괴를 막기 위한
대한민국의 재벌개혁과 같은 것으로 크루소 형제는 로
마인의 멸망을 초래할 수 있는 빈익빈 부익부 양극화를
막기 위해 목숨을 걸고 추진했지만, 기득권세력과 원로
원의 저항 벽을 넘지 못하고 살해당했지.


**박정희** : 크루소 형제의 개혁 기도를 보면 자네가 시도했던 개혁

과 같은 성질의 것이었고 우리 역사로 보면 조선 시대
광해군이 백성의 고통분담을 위해 시도한 대동법과도
비슷했지.
결국 광해군도 대동법 실시 여파로 기득권세력들의 저항
을 이기지 못하고 폭군으로 몰려 왕에서 쫓겨나야 했지.

**노무현** : (한숨을 쉬며) 안타까운 일이네.

**박정희** : 크루소 형제는 개혁에 왜 실패했을까?

**노무현** : 이해당사자 기득권층의 반대 때문이었지.

**박정희** : 맞아, 그래서 로마인들은 그들의 반대를 무릅쓰고 개혁
할 수 있는 지도자를 원했지.
카이사르가 기득권세력의 반대를 무릅쓰고 농지법 등
관료부패의 상징인 막강한 힘을 가진 원로원의 부패를
척결하며 로마를 개혁해가자 로마인은 독재관의 임기를
없애기를 바랐어.
로마인들은 카이사르가 1년 연임만으로 독재관에서 물
러나야 하는 제도가 잘못됐다는 것을 알았네.
따라서 임기에 상관없이 사실상 무제한의 권력을 가지
고 종신으로 독재관을 계속하기를 원했어.

로마인의 요구에 원로원은 어쩔 수 없이 그에게 종신 독재관의 직함을 주고 사실상 무제한의 권력을 그에게 허용했어.

예를 들어 우리나라의 세종대왕이 1년 연임으로 끝나면 백성이 아쉬워할 수밖에 없는 것과 마찬가지지.

정리하자면 연산군 같은 폭군이나 무능한 선조가 오래 무제한의 권력을 가지고 독재를 한다면 큰 재앙이 되지만, 세종대왕이나 이순신 장군 같은 인격과 능력을 갖춘 사람이 독재한다면 이는 오래 할수록 좋은 거고 세상은 놀라운 발전을 할 수 있는 거지.

세종이 왕으로 집권한 후 남긴 업적이 조선의 모든 왕이 남긴 업적을 합한 것 보다 위대했고 그의 집권기간이 조선왕조 500년의 세월보다 위대했다고 생각하네.

로마인들과 카이사르는 능력과 인격을 갖춘 황제가 영구히 집권하는 제정을 추진하는데, 문제점은 그 황제가 막강한 권력을 가지고 세습되는데 만약 인격과 능력을 갖추지 않으면 어떻게 할 것인가를 고민하게 되지.

고민 끝에 원로원과 민회에 자격 있는 황제를 승인하고 잘못했을 때는 탄핵할 수 있는 권한을 주기로 하는 시스템을 추진하기로 하지.

그러나 원로원 파와 공화정 지지자들의 반대에 부딪치자 이들을 만나 설득하다 결국 원로원 파에 의해 살해당하지.

**노무현** : 반대파는 카이사르가 권력욕에 사로잡혀 자신이 왕이
되려 한다고 생각했겠지.

그리고 역사적으로 로마의 일정 기간 한시적 독재가 성
공한 것은 맞지만, 그 외 현대사회에서는 사회적 위기가
구조적으로 깊고 상시화 함에 따라 위기대응을 명목으
로 한 독재정치가 나타나곤 하며 인민을 고통 속에 빠뜨
리기도 하지.


**박정희** : 맞는 말이네.


**노무현** : 특히 대중운동을 기반으로 하여 카리스마적 기대를 받
는 지배자가 사회의 근본적인 개혁과 끊임없는 외침을
구실로 민주주의를 내걸고 권력을 집중하는 현상도 나
타났지.

예를 들어 세계 2차 대전 당시의 이탈리아 파시스트 독
재, 독일 나치스 독재, 일본의 군국주의 독재, 소련의 프
롤레타리아 독재 등 이 전형적인 예이지, 이들은 권력의
분산을 주장하는 자유주의에 적대하여 탄압하거나 지
도자 독재 또는 프롤레타리아트 독재라는 형태로 독재
의 장기화를 찬양하거나 긍정하는 이론을 갖추면서 출
현하는 점이 공통적인데, 카이사르도 반대파 입장에서
는 이런 스타일의 독재자가 탄생한 걸로 보지 않았겠나.

**박정희** : 그들은 그렇게 생각할 수도 있지.

그러나 자네가 말한 이런 악질적 독재의 출현은 대부분 오래가지 못하지.

어떤 제도이건 민주주의를 팔아먹고 인민을 해롭게 하면 스스로 무너지게 되어있지. 민심은 천심이니까….

이들 독재는 대부분 몇 년 또는 십여 년 만에 비참한 종말을 맞이했지.

물론 로마의 반대파는 카이사르를 독재자의 출현처럼 생각하고 제정 추진을 반대했지.

반대파의 눈에는 이해관계가 다른 그의 개혁이 권력욕으로 보일 수도 있었지.

이후 로마는 깊은 내란에 휩싸이고 결국 로마인은 카이사르의 생각이 옳았다는 것을 알았지.

로마는 제정 시작을 선포하고 원로원은 초대 황제에 카이사르가 상속자로 지명한 그의 증손자 옥타비아누스를 임명하네.

이후 아우구스투스로 이어지는 5현제 시대를 맞이하고 이들이 이룬 정치적 사회적 안정에 힘입어 크게 발전하지.

이 5현제 시대는 천년 동안 로마가 지금의 유럽을 설계하고 세계의 패권을 차지하고 또 세계를 팍스로마(로마가 주도하는 세계)로 이끌 모든 기반을 만들었지.

결국, 카이사르의 생각이 옳았다는 것을 역사가 증명했지.

많은 역사학자는 로마의 이 5현제 시대가 인류가 국가를 세우고 정치를 시작한 이후 가장 긴 기간 동안 펼쳐진 이상적인 정치였다고 생각하네.

이들은 현재 끊임없이 분쟁과 전쟁이 계속된 중동과 아프리카 일부 지역에 200년간 평화를 선사하지.

우리나라 같으면 세종대왕 같은 사람이 연속해서 다섯 번이나 세습되면서 왕에 오르며 정치를 펼쳤다면 우리나라는 얼마나 큰 발전을 이뤘겠나 생각해보면 그 시대가 얼마나 이상적이었나를 알 수 있을 걸세.

로마인은 처음에는 왕정 그 다음은 공화정 그 다음은 집정관의 독재 그 다음은 황제로 정치제도를 바꿨지.

그리스 로마 정치제도의 변천을 보면 처음 그리스의 민주주의 그리고 로마의 왕정 그리고 공화정 그리고 제정으로 바꿨지.

민주 - 전제독재 - 민주와 독재가 혼합된 공화정 - 영구독재 - 황제.

민주주의는 그리스의 민주정치가 멸망한 후 다시 동로마가 멸망할 때까지 1,700년 이상이나 지날 때에도 그리고 이후 2,200년이 지난 프랑스의 7월 혁명 때까지 지나도록 버려진 이데올로기였다는 거지.

로마인은 독재를 무척 싫어했네.

어떤 일이 있어도 전제독재를 막아보자고 왕정을 타도했

는데, 그 이후 택한 것이 그리스 민주주의가 아니고 공
화정이었네.

그리고 다시 독재를 원했으며 또한 독재가 더 강화되기를
원했고 그 독재가 황제를 통해 영구지속하기를 원했어.

그리스의 민주정치는 무려 그리스 멸망 이후 2,200년 동
안 잊혔지.


**노무현** : 그 시대 환경이 민주주의를 요구할 수 없도록 인민들을
억압하지 않았겠나?


**박정희** : 다시 말하지만, 억압은 머지않아 폭발로 이어지지.

어떤 근거도 없이 계속 억압 억압하는데, 민중의 힘은 그
렇게 만만한 것이 아니네.

자네가 말한 인민을 억압하는 현대의 악질적 독재자들
이 대부분 몇 년 또는 십여 년 만에 비참한 최후를 맞이
하는 것은 인민의 지지를 얻지 못한 억압정치의 종말의
법칙이지.

민중의 억압은 그리스 로마 시대가 아니라 이후 중세 암
흑기에 나타났고, 이후 유럽의 전제왕권에서 민중의 억
압과 고통이 절정을 이루자 결국 프랑스 시민혁명으로
폭발한 거지.

그리스 로마가 멸망한 후 인류는 정치사상과 학문과 예

술 등 거의 모든 면에서 구심점을 잃고 방황하며 중세 암흑기를 맞아 인민의 삶의 질은 후퇴하기 시작하지.

**노무현** : 어찌 됐든 프랑스의 시민혁명으로 인민은 독재자와 전제 왕권으로부터 다시 주권을 찾아왔고, 결국 인류는 이것저것 다해보다 민주주의를 최선이라고 여기고 오늘날 미국 등 서방세계 그리고 대부분의 국가에서 민주주의를 택한 것 아닌가 그리하여 그리스 민주정치보다 여성 소외 계층까지 더욱 많은 사람이 주권을 가지고 참여하는 발전된 민주주의로 발전하지 않았나.

**박정희** : 우리 인류가 민주주의에 다시 관심을 가진 것은 200년 전이고, 실제 현대적 이념을 정립하고 실행한 것은 불과 140년 전(1,863년) 밖에 안 되지.
그리고 지금이 그리스보다 발전된 민주주의인가는 현재 실험하는 중이지.
인류가 고대부터 정치를 시작 이래 140년이란 기간은 긴 기간이라고 할 수 없지. 그리스 로마가 2,200년 동안 여러 가지 정치제도를 실험했던 것에 비하면 아직 답을 얻기에는 짧은 기간이라고 할 수 있지.
이 정도의 기간은 역사 속에서 여러 정치제도가 실험하고 사라지기도 했기 때문에, 지금의 제도가 최선이라고는 판단하기는 어렵네.

현재 실험 중이고 앞으로 더 지켜봐야 하네.

만약 이 제도가 인민을 위한다는 이상만 내세워놓고 인민을 팔아먹고 인민을 고통스럽게 하고 인민의 지지를 얻지 못한다면 불행한 종말을 맞게 될 수도 있고, 그 반대로 인민을 위한 최선의 정치라면 오래 지속될 수도 있지.

민주주의의 뜻이 그리스 이후 다시 정립된 것은 미국 링컨의 '인민에 의한 인민을 위한 인민의 정치'라는 연설문 내용으로부터니까, 140여 년 전이고 우리나라는 해방 이후 들어왔으니까 63년 정도 됐지.

우리가 보통 알고 있는 민주주의개념은 국민이 주인인 사상 또는 생각 뭐 이 정도의 뜻이지.

이것도 일본이 정립한 개념이지.


**노무현** : 하기야, 정치학은 미국에서 정립됐고 그 학문을 일본에서 받아들였고 그것을 우리나라가 다시 도입했어.

우리나라의 정치학 용어는 일본의 번역으로부터 들어왔기에 그 뜻 자체도 애매하지.


**김일성** : 그럼, 정치학의 본토인 미국은 민주주의를 'demokratia'에 근원을 두고 있는데, 'demo(인민)'와 'katos(지배)'를 합친 것으로서 '인민의 지배'를 의미하고 있고, 인민의 지

배는 인민의 평등을 중요시하지.

평등은 민주주의의 가장 중요한 개념이네.

우리 사회주의 국가에서도 민주주의가 기본이념이지.

그래서 조선민주주의인민공화국이지.

우리가 '동무, 동무'하는데 이건 인민을 뜻하지.

나는 왜 시장경제를 택한 자본주의에서 민주주의란 용어를 쓰는지 모르겠네.

시장경제를 택한 이상 그 사회는 빈부격차가 자연히 생기고 자본은 곧 권력이고 빈곤은 곧 권력의 피지배에 속하게 되는 불평등이 생기네.

빈곤은 돈이 최고인 사회에서는 부자보다 하고 싶은 행동에 많은 제약을 받게 되어 결코 자유롭지 못한데도 왜 기본 이념이 평등과 자유인 민주주의란 용어를 쓰는지 모르겠네.


**박정희** : 그거야 보는 관점에 따라 다르겠지만, 어떤 시각에서 보면 자네 말도 일리가 있지.

시장경제를 택한 이상 평등할 수는 없지.


**노무현** : 용어의 뜻이 모호하여, 나는 좌파적 경제민주주의란 용어를 썼는데 빨갱이라고 하더군.

(모두 웃는다)

**박정희** : 독재란 용어도 로마 집정정치에서 유래된 용어로 원래는
나쁜 뜻이 아니었네.

집정관과 독재관을 뽑은 절차도 원로원이 인격과 능력
을 갖춘 사람을 추천하고 민회가 투표를 거쳐 승인했기
때문에 현대의 의회 민주주의와 같은 절차를 밟았지.

이 한시적 독재는 세계를 주도한 로마를 있게 한 원동력
이었네.

그래서 용어는 의미가 없고, 그 뜻이 중요하지.

자! 큰 의미 없는 용어에서 벗어나 민주주의의 이상인
'인민을 위한 인민에 의한 인민의 정치'인지가 무엇인지
생각해보세.

이 말의 핵심은 '인민을 위한'이라고 생각하네.

앞으로는 민주주의 대신 인민을 위한으로 통일하세.

지금까지 여러 정치 형태를 살펴보았는데 어느 시대 어
느 제도에서든 하나의 공통점이 있었네.

무엇인 줄 아나?

**노무현** : ….

**김일성** : ….

**박정희** : 인민을 위해서이네.

민주주의든 사회주의든 자본주의든 공화정이든 독재든 전제왕권이든 제정이든 모두다 '국민을 위해서! 백성을 위해서! 인민을 위해서!' 이었어.

그러나 결과는 국민을 위한 것이 아니고 인민의 고통으로 나타난 것이 문제지.

원인은 무엇을 어떻게 해야 올바른 것 인가를 몰랐던 거지.

결국, 국민을 위한 정치는 그 제도에 있지 않고 어떻게 올바로 운용하느냐에 달렸지.

왕정도 세종대왕처럼 올바로 하면 현대 민주주의보다 좋은 거고 연산군처럼 하면 나쁜 거지.

로마인들은 다른 종족들보다 뛰어나지 않았는데 남의 장점을 받아들이고 포용하여 운영할 줄 알았지.

로마는 그리스의 민주주의에 심취하였지만 그리스와 다르게 이상적인 것에 현실적인 대안을 절충해서 나라를 꾸려갔지.

공화정은 모든 시민의 의견을 수렴하여 나라의 방향을 정할 수 있다는 점에서 매우 공정하고 이상적이지만, 나라가 위기에 직면했을 때는 현실적으로 모든 이들의 의견을 수렴하기 어려운 걸 고려해 비상사태라는 제도를 만들어 집단의 대표인 집정관 한 명에게 모든 권한을 주어 위기를 모면하는 유연함을 보였지.

현대국가에서도 일반적으로 군부의 독재나 개발도상국에서 볼 수 있는 개발독재 등은 민주주의와 양립하지 않는다고 할 수 있지만, 내란이나 전쟁 등의 긴급사태에서 권력자에게 무제한의 권력을 부여하는 정치적 지배를 미리 헌법에 규정하고 있어. 즉, 입헌독재는 민주주의 체제를 위협하는 것이 아니라 오히려 민주주의 방위에 공헌할 수 있다는 것을 알아야 하네.

로마는 그리스의 민주주의를 무조건 선택하지 않고 평화시와 비상시를 구분해 권력의 강약을 조절하여 통치자에서 주었어.

로마는 집정관, 민회, 원로인 이라는 세 기둥이 삼권분립되어 힘을 나누어 떠받치는 시스템이었지.

현재 민주주의와 같은 시스템을 갖추고 있었지만, 비상시에는 집정관에게 한시적으로 무제한의 권력을 모아주었어.

이런 유연함과 열린 시스템이 지성에서는 그리스인보다 못하고, 체력에서는 켈트인이나 케르만인보다 못하고, 기술력에서는 에트루리아인보다 못하고, 경제력에서는 카르타고인보다 뒤떨어진 로마인이었지만, 바로 패자까지 동화시키는 그들의 유연함과 열린 마음이, 그리고 상황에 따라 정치권력의 강약을 조절할 수 있는 유연함이 있었기에 'Pax Romana'를 완성하고 현재 전쟁과 분쟁이 끊이지 않은 중동지방과 아프리카 일부 지역에 200년 동안의 평화를 선사했네.

로마는 승자만이 모든 것을 독식하는 시대였지만 패자들을 동화하고 배려하는 정책으로 적을 친구로 만들어 전 유럽과 중동 아프리카로 세력을 넓혔지.

승자의 전리품이던 노예에게도 우리가 아는 것과는 달리 능력에 따라 가정교사 기술 분야의 장인 등 사회에 참여할 기회를 주었네.

주인은 그의 어려움을 보살펴주는 후견인 역할을 하며 노블리스 오블리제를 실천했네. 노예도 5년이 지나면 로마시민권을 부여하여 로마시민으로 흡수했어.

즉 전쟁의 패자에게도 재기의 기회를 준거지.

내가 말하고 싶은 것은 로마인은 유연성과 열린 마음으로 인민을 위해 올바른 정치제도를 운용했고 무제한의 권력을 위임받아 독재관에 오른 카이사르는 올바른 권력운용으로 로마인민을 위한 정치뿐만 아니라 위의 많은 주변국의 인민들을 위한 정치까지 했다는 거지.

**노무현** : 현재 대한민국은 무엇을 어떻게 해야 올바른 운용인가?

**박정희** : 역사에서 찾아야 하네.

**노무현** : ….

**박정희** : 로마인들이 전시나 국가 비상시에 집정관을 두고 1년 또
는 1년 연임의 업무 수행을 위해서는 무제한의 권력을
허용했듯이, 우리도 당면한 재벌과 검찰 개혁을 위해서
관료의 부패척결을 위해서는 국민이 뽑은 대통령에게
국민투표를 통해 임기 5년 중 적게는 1년 길게는 2년간
개혁 업무에 한해서 무제한의 권력을 허용해야 하네.

**노무현** : 의회의 승인을 거치지 않고 말인가?

**박정희** : 그런 절차를 밟지 않게 하기 위해서 비상시에만 로마는
집정관에게 한시적으로만 전권을 부여하지 않았나.
우리나라도 재벌과 검찰 관료의 부패척결, 기득권의 개
혁이 없는 한 나라가 붕괴될 수도 있는 비상사태라고 생
각하네.
개혁에 관한 업무에 한에서만은 한시적으로 누구의 견
제를 받지 않은 무제한의 권력을 줘야만 현재 막강한 권
력을 이미 가지고 있는 이해 당사들의 반대를 무릅쓰고
개혁에 성공할 수 있지.
그렇지 않으면 국민이 뽑은 대통령이 기득권층과 이해당
사자들의 반대로 자네처럼 개혁 도중에 포기하거나 죽

게 되는 거지.


**노무현** : 3년이나 4년 중임제는 어떤가?


**박정희** : 미국과 같은 제도인데, 이는 5년 단임제보다 효율적이지

만, 이도 재선되기 위해서는 포플리즘으로 흐를 수도 있

고 소신껏 개혁을 할 수 없네.

재선 그리고 그 무엇에도 상관하지 않고 오직 국민투표

에서 공약한 개혁에 한해서는 최대 2년까지 무제한의 권

력을 허용해야 하네.


박정희와 김일성은 잠시 산책을 다녀오겠다며 자리를 떠났다.

노무현은 미래를 알기 위해 일단 과거로 시간여행을 떠나보고

싶었다. 그 이후 미국과 주변국, 우리나라의 미래가 어떻게 되나 보

고 싶었다. 노무현은 안드로메다은하 너머에 우리 은하를 바라보

고 눈을 뜬다.

그는 고대 그리스 아크로폴리스에 서 있다.

그는 병역을 필한 남자들이 광장에 모여 직접 모든 정책을 결정

하는 광경을 본다. 플라톤이 군중을 모아놓고 국가론에 관해 대중

토론을 하고 있다.

플라톤은 어떻게 하면 조화 있는 폴리스(국가) 즉, 정의가 실현

되는 폴리스를 건설할 것인가를 군중에게 논하고 있다.

아리스토텔레스는 수십 명의 제자와 모여앉아 "인간은 본질적으로 폴리스를 떠나서 생활할 수 없고 폴리스적 생활을 하는 가운데 가장 인간적이 된다."고 설파하며 이성존중의 철인정치를 강조하고 있다.

그리스 인민의 변화요구와 열망으로 군주제도에서 귀족제도로 귀족제도에서 참주제도(전제정치)로 그리고 민주주의로 변해 민주주의가 자리를 잡아가는 과정을 본다.

그리스인의 최대관심사는 현대 민주주의국가들보다 더 이성, 정의, 개인과 자유였음에 놀란다.

그리스 아테네 아크로폴리스 언덕 위에 파르테논 신전의 건설이 한창이다. 페리클레스는 아테네의 압도적인 힘을 보여주어 경외감을 이끌어내기 위해 막대한 예산과 인력을 동원하고 자신이 직접 현장에 나와 완공을 독려하고 있다.

노무현은 이 무리한 공사와 진나라 진시황이 만리장성을 완공하기 위해 막대한 예산과 인력을 강제 동원하여 직접 공사를 독려하기 위해 현장에서 독려하는 모습과 겹쳐 보인다.

그리고 수십 년 안에 이 무리한 공사 때문에 두 나라가 멸망하는 장면이 겹쳐 보이고 현재 대한민국의 4대강의 무리한 토목공사로 인해 막대한 예산이 낭비되는 장면이 스쳐 간다.

솔론의 개혁정치가 그에게 큰 관심으로 다가왔다.

솔론은 그처럼 사회적 불평등을 해결하는데 관심이 있었고, 유별난 노력을 했기 때문이다.

솔론은 부의 분배와 경제적 패자에게 기회를 주기 위해서 49년마다 한 번씩 부채액이나 넘어간 토지를 하나님에게 되돌려준다는 명분으로 회수하여, 새로 시작할 수 있게 하였던 제도는 오히려 현대가 다시 배워야 한다고 생각한다.

이를 배워 현대의 사회 복지와 부의 재분배 경제적 패자에게 기회를 주는 제도로 발전시켜야 한다고 생각한다.

흥미로웠던 점은 전선(군함)의 제조나 유지비 등을 부자들에게 부담하게 한 제도였다.

이는 국고의 부담을 줄이면서도 경제력을 가진 이들에게 사회적 부담을 지울 수 있었던 것이 놀랍다.

부유층과 권력자들에게 엄청난 반발을 사고 이들은 저항했지만 솔론은 그것이 인민을 위해 옳다고 생각했기에 과감하게 개혁을 단행한다.

그리고 상대가 자신보다 재산이 많지 않다고 부인하면 '재산 바꾸기 소송' 등을 할 수 있었다. 이런 제도가 있는 것을 보면 솔론은 인간적이고 재미있는 지도자이다.

복지의 정책이 제대로 이루어지지 않으면 결국 혁명이 일어나고 인민은 복지와 분배를 해줄 독재자를 그리워하고 무력이 세상을 지배하게 될 것이기 때문에 현대는 이를 거울삼아 대안을 찾아야 한다고 생각한다.

고대 그리스에서는 여러 정책을 통해 안정된 사회를 이룩하려고 노력했지만, 사회 여러 집단의 민주화 요구로 집권자의 힘이 약화

되어 개혁정책이 시간이 갈수록 힘을 잃어간다.

시민의 부채는 눈덩이처럼 불어나고 연고주의로 인한 불공정한 차별과 정치인과 관료의 부패가 판을 치며 양극화가 지속되며 악순환이 계속된다.

그리고 모든 게 흥망성쇠가 있듯이 이들의 이상인 평화도 철학도 예술도 이성도 자유도 민주주의도 국가 중산층이 국가를 지킬 애국심이 없어지고 좌절하자 군사력은 약해지고 방위에 소홀하자 주변국에 의하여 무참히 유린당하며 속국이 된다.

노무현은 고개를 돌리자 로마 포로 로마노 광장과 원로원의 회당이 보이는 광장에 서 있다.

그는 직접 발로 로마의 땅을 밟고 로마인과 함께하고 싶었다.

그는 로마 군선을 타고 지중해를 항해해보기도 하고 북아프리카 자마 평원의 역사적 전투와 카르타고의 언덕에 올라 불타는 도시도 보았고, 때로는 율리우스 카이사르와 함께 갈리아 땅의 평원을 달리고 있었다.

게르마니아 라인 강변에서 로마병사와 함께 겨울을 나기도 하고, 멀리 브리타니아 지방에서 외로운 임무를 수행하는 백인대장과 함께 하기도 하였다.

로마제국 전역의 전쟁터에서 쓰러져간 로마병사와 권력의 야심으로 부침하는 수많은 원로원 정치인들의 안타까운 모습을 그저 지켜볼 수밖에 없었으며, 제국을 지키기 위해 고민하는 황제의 모습도 애처로운 눈길로만 바라보았다.

자식을 사랑하여 제위를 위해 형제를 죽일 수밖에 없는 황제의
모습과 그 아버지의 기대에 미치지 못하는 무능한 황제, 그리고 제
국의 안정을 위해 헌신하다 모략과 배신으로 목숨을 잃은 충신의
모습에선 분노를 느꼈다.

그리고 로마는 스스로 견디지 못할 함정에 빠져 사라져간다.

로마는 하루아침에 이루어지지 않았듯이 멸망도 한순간에 이루
어지지 않는다.

그리스 민주주의가 멸망한 것처럼, 선순환의 고리가 끊어지고,
악순환의 고리를 타고 서서히 제국은 죽어간다.

천년 동안 지속된 귀족들의 노블리즈 오블리제는 어느 순간 점
점 사라지고 패자의 포용과 배려 소통도 찾아보기 어렵다.

노예에 대한 재기 시스템도 로마시민으로서의 적응 프로그램도
사라져 야만국의 노예와 똑같이 비참하게 전락한다.

카이사르의 개혁으로 단행된 농지법의 대안으로 떠오른 속주정
책도 수백 년의 오랜 시간이 지나자 점점 유명무실해지며 원로원
과 관료의 부패는 심해진다.

이 때문에 빈부격차가 벌어지며 중산층인 자영농이 붕괴 되면서
중산층은 더는 목숨 걸고 로마를 지킬 애국심을 갖지 않게 된다.

로마는 용병으로 제국을 유지하면서 중심을 잃고 방황한다.

한때 로마는 700년 동안 지중해의 패권을 차지한 강대국 카르타
고의 명장 한니발이 로마를 20년 가까이 유린했지만 로마는 막아
내고 결국 카르타고를 멸망시켰다.

카르타고를 멸망시키며 스키피오 아프리카누스는 불타는 카르타고를 보고 눈물을 흘리며 이렇게 말했다 "언젠가는 트로이도, 프라이아모스 왕과 그를 따르는 모든 전사와 함께 멸망할 것이다."

그러자 뒤에 서 있던 폴리비오스가 왜 그런 말을 하느냐고 묻자, 그의 손을 잡고 말했다.

"폴리비오스, 지금 우리는 과거에 영화를 자랑했던 제국의 멸망이라는 위대한 순간을 목격하고 있네.

하지만 지금 이 순간 내 가슴을 차지하고 있는 것은 승리의 기쁨이 아니라 언젠가는 우리 로마도 이와 똑같은 순간을 맞이하게 될 거라는 비애감이네."

로마의 선순환 고리가 그렇게 로마를 강하게 만들었지만, 악순환의 고리를 타자 로마는 서서히 침몰하고 있다.

영웅이 없는 세대는 불행하다.

그러나 영웅이 필요한 세대는 더욱 불행하다.

끝내 로마를 다시 돌이킬 영웅은 나타나지 않았다.

그렇다.

어찌 인간의 마음대로 변화의 흐름을 바꿀 수가 있던가?

봄이 가면 여름이 오고 가을이 오고 또 겨울이 오는 것을.

그리스도 트로이도 마케도니아도 페르시아도 로마도 이들의 흥망성쇠는 하나의 거대한 흐름이었다.

한 생명이 태어나 건강하게 성장하여 젊은 시절 불타는 열정으로 세상을 포효하고, 풍요 속에 장년의 여유와 갈등, 그리고 노년을 맞아 몹쓸 지병으로 외로운 삶을 살다가 말없이 떠나가는 노인의 모습이 아니었나 생각해본다.

민주주의도 독재도 사회주의도….

아니 그 무슨 제도도 그 구성원이 올바로 운용하여 선순환의 고리를 타면 흥하는 거고 악순환의 고리를 타면 망하는 것이다.

그런데 그 흐름이 인간이 마음대로 할 수 없는, 거대한 변화의 거대한 흐름인 것인지도 모른다.

박정희를 생각해본다.

그도 역시 일제강점기와 분단이라는 어려운 시기에 인민을 위해서라는 명제를 고민했던 사람임이 틀림없다.

어쩌면 그의 독재도 로마인이 비상시에 일시적으로 독재를 허용했듯이 가난과 부패에 시달리던 당시의 인민들에게는 일시적으로 필요했던 큰 흐름이었는지도 모른다. 결국 그의 긴 독재가 몰락의 원인이 됐지만, 어찌 인간의 마음대로 할 수 있었겠는가. 이도 하나의 큰 흐름인 것을….

잠시 생각에 잠겨본다.

지금까지 보았던 로마제국이 오늘날 다시 환생한 것 같은 생각이 든다.

너무나 닮은 한 국가가 보인다.

군사력과 경제력을 바탕으로 세계를 지배하고 있는 나라.

때로는 군사력으로 때로는 경제력으로 팍스아메리카나의 기치 아래 주변국에 미치는 영향력.

글로벌이란 이름으로 세계 언어를 자국어로 통일하면서 생각과 습관의 자연스러운 전이가 이루어지고 있으며, 주변국의 문화까지도 동화시키는 세계화.

이는 로마제국이 팍스로마의 기치 아래 유럽과 중동 아프리카 등을 동화시켰던 과정과 너무 닮아있다.

결국, 미국의 미래는 로마의 흥망성쇠와 크게 다르지 않다.

모든 것은 변화만 있을 뿐 영원한 건 없으니 말이다.

결국, 중국이 또다시 미국의 팍스아메리카를 이어받아 팍스차이나 기치를 내걸고 이들이 온 길로 달려간다.

그리고 현재 추운 북부지방으로 나선형을 기리며 주도국이 옮겨간다.

처음 문명이 메소포타미아에서 발생하여 그리스로 이동하고 로마로 이동하고 다시 유럽(영국)으로 이동하고 미국으로 이동하고 중국으로 이동하고 다시 추운 북부지방으로 이동해간다.

주도국이 나선형을 그리며 돌고 있다.

역 카페에서 내려다보이는 나선형 은하의 운행궤도와 너무 닮았다.

처음 문명의 발생지였던 아프리카 사하라 사막과 중동의 메소포타미아 지역도 지금은 황량한 사막이지만 B.C 3,000년에는 인간이 적응할 수 있는 최상의 기후에 비옥한 초원지대였다.

중국 다음의 주도국은 지금은 추운 지방이지만 미래에는 지구 온난화로 인간이 적응할 수 있는 최적의 기후 환경이 된다.

지금 비옥한 땅과 최적의 기후를 가진 나라는 황량한 사막으로 변해간다.

돌고, 돌고….

그리고 또 변화는 계속되고….

그래서 역사는 진보하는 것이 아니라 계승되고 반복된다고 하는 걸까?

현재의 민주주의도 근본은 그리스의 민주주의와 똑같다.

단지 여성 그리고 더욱 많은 사람이 주권을 가지고 참여하며 시대환경이 따라 약간 변형됐을 뿐 그 근본은 그대로이다.

그리고 우리 대한민국은 현재 문화의 격변기를 겪고 있다.

한민족의 불교, 유교문화의 자연스러운 전환 중 일제강점기를 통해 짧은 시간에 문화의 단절과 왜곡을 겪고, 우리의 의지와는 달리 물밀 듯 밀려온 서구문화와 민주주의가 해방 시점으로 65년밖에 되지 않는다.

유교와 불교문화에 수백 년 동안 배어 있는 의식구조를 빨리 바꿀 수는 없었을 것이다.

어쩌면 이런 과도기에 필요한 것 역시 정상적인 상황에 적용되는 이상적인 제도는 아니었을 것이다.

그래서 박정희는 개발독재를 선택했을까….

답은 제도가 아니고 올바로 운용하는 것이다.

현재 대한민국은 다시 한 번 큰 위기를 맞고 있다.

위에서 보았듯이 부자와 관료가 부패하고 중산층이 무너지면 그 사회는 이미 악순환의 고리로 접어든 것이고 곧 몰락으로 이어지기 때문이다.

자본주의 시장원리를 앞세워 분배와 고통분담을 거부하는 재벌과 이에 따른 빈익빈 부익부, 검찰과 관료의 부패, 기득권층의 이기주의 등 위의 제국과 국가 제도가 몰락하는 악순환의 고리에 이미 접어들었다.

시냇물과 강물을 떼어놓을 수 없듯이 삶과 죽음이 이어져 있듯이 사람은 타인과 이 세상 전부와 연결되어 있듯이 인민을 위해서라는 명제 아래 모인 독재와 민주주의도 결국 하나인 것을.

다시 박정희를 생각해 본다.

현재의 대한민국을 구할 사람은 누구인가….

정치제도는 독재일까 민주주의일까 아니면 한시적인 독재일까? 미래의 대한민국은 어떻게 펼쳐지고 불행이 닥치면 누가 구할까?

앞에는 박정희와 김일성이 깊은 생각에 잠겨있는 그를 보며 웃고 있다.

다시 역 카페다.

미래의 대한민국이 보인다.

노무현은 무언가 깨달은 듯 빙그레 웃는다.


**박정희** : 뭘 그리 깊이 생각하나?


**노무현** : 과거를 알면 미래가 보인다고 했나?

**박정희** : (자신도 미래가 보이자 빙그레 웃는다) 미래를 보았군!


**노무현** : 역시, 내 예측과 다르군.

변화의 바람은 남과 북 양측 정치인들과 기득권층의 생

각과 정반대로 부는군.

(안타까운 표정으로)

불행하게도 이들도 변화에 적응하지 못하는군….

변화에 적응하지 못하면서 상극(相剋)….

그리고, 음… 음….

(미래를 보다, 신음을 내며 노무현의 표정이 굳어지며 차마 못

보겠다는 듯 눈을 감아버린다)

민중들의 변화 열망이 결국….

그래, 선순환이나 악순환의 고리에 접어들었다면 어떤

누구도 바꿀 수 없지.

(다시 민중의 모습을 보고 표정이 밝아진다.

정치인들과 기득권층의 미래와는 반대로 펼쳐진 민중들의 미

래가 신기한 듯)

남과 북이 현 체제와 서로 반대로 가다…. 점점 닮아가

는군.


그거다 상생(相生).

(세 사람이 빙그레 웃는다)

과거 역사도 인간이 마음대로 바꿀 수 없었는데, 역시 미
래도 마찬가지군. 지도자의 의도와 상관없이 전혀 다르게
흘러가니 말일세.


**박정희** : 자, 이제 다 놓아 버리게!
자네의 예측하고 같으면 어쩌고 다르면 뭐하겠나.


**노무현** : 맞네, 독재와 민주주의도 사회주의도 자본주의도 인민
을 위해서라는 목적을 떠받치는 똑같은 기둥인 것을….


**박정희** : 내가 자네를 역 카페로 데리고 온 또 하나의 이유가 바
로 그것이네.
삶과 죽음이 나와 타인이 독재와 민주주의가 사회주의
와 자본주의가 하나로 연결되어 있다는 것을 깨닫게 해
주기 위해서였네.
자네는 민주주의 외에는 넘어서는 안 될 절대 악으로 높
은 벽을 쌓았거든.


(두 사람은 아래로 펼쳐진 우주를 바라본다)

**박정희** : 아래로 내다보이는 우주의 탄생과 그리고 평창 그리고
평창의 절정에 이르면 이어지는 수축 그리고 죽음.
그리고 다시 탄생하는 반복 또 반복과 균형….

**노무현** : 장엄하고, 아름답군!
끝도 없이 펼쳐진 우주가 한 치의 오차도 없이 질서 정
연하게 돌아가는군.
모두 하나로 연결되어 있어.

**박정희** : 우리의 변화 그리고 우리가 꿈꿨던 변화는 모두 질서 정
연하고 장엄한 우주의 변화로 발생 되는 연쇄적 변화의
파장에 의한 미세한 변화에 불과하네.
연쇄적인 원인과 결과에 따라서 우리는 또 다른 이들에
게 영향을 주지.
그 과정에서 우리가 살았던 지구가 탄생하고 우리가 태
어나고 살아가고 죽고 역사가 바뀌는 거라네.

**노무현** : 분명 저 우주의 변화도 원인과 결과에 의한 어떤 법칙이
존재하는군.

**박정희** : 그렇지.
이를 여기서 보면 한 점도 안 되는 인간이 그걸 막고 바
꾸겠나?

변화의 흐름은 인간이 어떻게 할 수 없는 거라네.
지도자가 정치의 소용돌이 속에 서 있다 보면 그 사회
구성원의 변화 열망에 적응하기가 쉽지 않네.
자네와 나는 자꾸 억지로 역사를, 남의 생각을 그리고 제
도를 바꾸려 했었거든…. 죽은 순간까지도 그랬어. 나의
이상이 아닌 제도라는 절대 악으로 벽을 쌓고 말이야.

**노무현** : 안 바뀌면 원망하고 미워하고 분노하고, 더욱 높은 벽을
쌓고 말일세. 자기가 바뀌어야 하는데도 자기는 바꾸지
않고 말일세….

**박정희** : 인간은 바뀌는 변화의 흐름 속에서 변화에 적응하려고
노력하는 능력만 있고 바꿀 수 있는 능력은 없네.
그리고 그 역사와 인간의 변화를 경청하고 관조하고 이
해하고 용서하고 사랑할 뿐이네.
자네가 과거를 현재를 미래를 알았다고 해서 뭘 어떻게
할 수도 없지.
여기 역 카페는 이런 곳이지.
남을 바꾸는 곳이 아니라 자기가 바뀌는 곳.

노무현은 이제야 인간이 할 수 있는 일과 할 수 없는 일을 알았
다. 할 수 없는 일을 알고 모두 놓아버린다….

그리고 높게 쌓은 마음의 벽을 허물어버린다….
이제야 몸과 마음이 깃털처럼 가볍고 편하다.
노무현은 마음속으로 중얼거린다.

**노무현** : 그래 할 수 없는 일을 놓아버리고 할 수 있는 이해, 용
서, 사랑만 하자!

노무현은 이제 확신한다.
여기가 천국이라는 것을.
노무현은 박정희의 독재는 악이라는 선입견과 모든 것을 놓아버
리니 어릴 적 친구로 보였다.
그리고 이제야 진정한 마음에서 우러나오는 친구로 보인다.
이전 이승의 고통스러웠던 영상이 즐거운 영상으로 모두 바뀐다.
노무현은 박정희를 큰 소리로 부른다.

**노무현** : 어이 친구! 천국의 겨울바람이 생각보다 꽤 매섭구먼!

**박정희** : 그러나? 그럼, 따스한 봄이 머지않았구먼!